KUWEI
酷威文化
图书　影视

蔡澜 著

江苏凤凰文艺出版社

我们不会变得更老，
　　我们只会变得更好。
　　　　　　　　——蔡澜

目录
Contents

基本	003
准时癖	007
轻物	011
男人	013
教养	015
人生	016
父亲交友录	017
父亲的早餐	021
师兄褟绍灿	025
褟绍灿书法篆刻展	029
大业郑	033
哈利友	037
不回来的朋友	041
别绑死自己	045
两个约会（上）	049
两个约会（下）	053

世界快进，友情得慢炖

时光咕嘟，心事随便说

白靴	059
杨逸丰作品	061
布景师	063
胡师傅	067
为何老师作序	071
为周师傅作序	073
为了一粒杧果	075
完美	079
万寿宫主人	087
人生看更人	091
幻彩家族	095
撒椒	099
好办法	103
作家朋友	105
我住亚皆老街的日子	108
重播	112
TOMMY	113
老友陆离	114
下酒菜	115

烦恼清零，快乐又重启

人间蒸发的友人	119
慕札医生	123
侍者诺维	127
Gilbey A	131
十二岁半的女人	135
神田	139
相机医生	143
新井一二三	147
家庭主妇一二三	151
尼姑之言	155
汤原老板娘	158
女大将	160

日子摇晃，思念叮当响

希邦兄	165
悼陈道恩医师	169
怀念刘幼林	171
悼甘健成兄	175
悼罗烈	179
莎菲姐	182
二位长眠了的淑女	184
送殡	188
葬礼上	192
陈厚	194
雪地外景	198
《裸尸痕》	202
史马山	206
影城宿舍	210

世界快进，友情得慢炖

世界之大，去不完的，但是当今最想去的，是从前一些住过的城市，见见昔时的友人，回味一些当年吃过的菜。

基本

最喜欢的一张照片，黑白，清末拍的。照片中两人，一个长着胡子的老翁，一个膝头般高的小童，都穿着长袍马褂，两人互相作九十度的鞠躬，露出笑容。

这是基本，这是中国人的礼貌。

曾几何时，中国人忘了。

我们那辈子的人，见到比我们年长的，都以"先生"称呼；遇到比我们年幼的，都叫"兄"。至今我与金庸先生会面，都恭敬地称他"查先生"，他也叫我"蔡澜兄"。我与香港最大的藏画家刘作筹首次见面，他亦称我"蔡澜兄"，我说怎么敢当，他回答："我们这辈子的人，见到比我们年长的，都以'先生'称呼；遇到比我们年轻的，都叫'兄'。"

我是重复他的教导，现在再次提醒年轻人，中国人有过这么一套的礼仪。

在街上遇到年轻人，向我喝道："蔡澜，和我拍一张照片！"

非亲非故，怎么可以呼名道姓？但我相信是他的长辈没有告诉过他礼仪之事，所以也不生气，好言相劝，把这套礼仪告诉了他。一般有两种反应，听了尴尬地点头，或者恼羞成怒："拍就拍，不拍就算，啰唆那么多干什么？"

前者听了，对方一生受用；后者，不听永远是低等动物。

一般都以为法国人傲慢，但我在法国小镇散步时，见到的人都向我说早安，我大赞他们很有礼貌，他们说："我不向你打招呼，显得我没有教养而已。"

礼貌不止于言论，衣着也有关系，你身在外国，穿得像一个难民，怪不得他们远离你，要是你干干净净，不必名牌，他们也会看在眼里，以礼待之。

别人对你没有礼貌，只因为你争先恐后不排队；别人看不起你，是因为你在公众场合喧哗，大声讲电话，这是自己作贱，应该遭到白眼。

有时候也必须自我检讨，我一直不喜欢和别人握手，但是我都忍受，每次和那些有手汗的人握手，就不舒服半天，非即刻跑到洗手间冲水不可。一次又一次，我变成了有洁癖，不与别人做身体的接触。如果你伸出手，而我只拱手作揖，请你原谅。

找我拍照一点问题也没有，一答应了就走过来，用手搭在我肩膀上，这也是老一辈子的人认为极度犯忌的事，我年轻时还强忍，到了这个年纪，唯有直斥。

有礼貌当然是好，但过多了，没有必要的，就变成了愚蠢，像我到任何场合，都有人带路，但带路的人太有礼貌了，让我先走。我哪里知道东南西北，就说你先走吧，对方坚持客气礼让："您先走，您先走。"走个屁，实在是笨蛋一名。

大家都以为日本人最懂得礼貌，那是因为整个大环境都在守礼，如果都不互相说早安时，他们也会忘记，像有个朋友娶了一个日本太太，见到家翁，连早安也不说，我看在眼里，用日本话大骂一番，她委屈地说："你们也不说早安呀。"

当今，守礼的国家，还是首推韩国，韩国人一见面就问对方年龄，外国人以为不礼貌，但是要明白他们问岁数，是因为你要是比他们大，他们就会对你恭敬，若是平辈，礼数才能节省。韩国人见你比他们大，敬酒就要把头转过去，不能相对。

餐桌上，吃东西时发出声音，是极不礼貌的事，当然，吃面时是例外。用手抓东西吃也不礼貌，但是吃有翅膀的，绝对可以用手。

墨守成规的日本人，吃鱼时是不可把骨头吐出来的，所以吃鱼吃得特别细心，万一遇到刺又如何？用片纸巾包起来。

最不能忍受的是，遇到伤风感冒，不断流鼻涕，一直嘶嘶声地吸回鼻去，以为这才是有礼貌，哪知这是听觉污染，听到了极度讨厌。拿片纸巾，大力一擤，不就没事了吗？那多舒服！是的，在西方，擤鼻是可以的。我遇到这种人，都叫他们擤鼻。如果还是觉得不礼貌的话，那么跑去洗手间大力擤了再走出来好了。

飞机上，双脚大力顶着前面座位椅背的行为，是极不礼貌的，一人一个的手枕，你不顾他人死活，都霸占来用，这都是没有教养的行为。

通常，遇到这种情形，面斥起来就要吵架，和这些人吵起来，是自己的修养不够，遇到这种情形，向空姐投诉，请她转告好了。

进入洗手间，看到别人把洗脸盆弄脏，我会用纸巾来擦干净，不祈求下一个使用的人欣赏，只要心安理得就是，一切礼仪，不做给别人看。

从小教导很重要，像那张黑白照片的小童，长大了一定懂得什么是礼貌，什么是互相的尊敬，天下太平。

准时癖

守诺言，守时，是父亲从小时教我的。

前者很难做到，但我一生尽量守着；后者还不容易吗？先要一个准确的时计。

钟表真靠不住，习惯才是最准。小时候看过一部叫《蓝天使》的电影，老教授每天准时上班，广场中的人士与钟楼对比，不差一分一秒。一天，时间到了，为什么还看不到老教授？等到他出现时，才知道广场上的钟塔时间快了，大家又拿出怀表来校准。

我一直想当那老教授，也一直追求一个完美的钟或表，当年世上已有什么不必上链的自动表，我要出国留学了，父亲买了一个送我，是"积家（Jaeger-LeCoultre）"，还有闹钟功能。

这只手表陪伴了我多年，带来不少回忆，像亦舒的赞美，喝醉了把表扔入壶中做鸡尾酒等等，都在以前的文章写过，不赘述了。

遗失后一直想要买回一个，近来在广告上才看到该公司已复古生产。当怀旧，表名叫 Polaris（北宸）。二十世纪六十年代香港最早的的士高①也以此为名，得知后一直想再去买一个。想呀想呀，终于忍不住，月前买了一个。

戴在手上，才知道那闹钟声并不像我记忆中那么响，几乎听不见，也忍了。这几天才发现它忽然停了下来，秒针虽然还在走，但发神经，又快又慢。

记得最后一次用机械表是看中了电管发光的，在黑暗中可以照到睡在身边人的面孔，实在喜欢得要死，但这种表不准。拿去给师傅修理，他回答说："蔡先生，机械表都是这样的，不管多名贵的，一日总要慢个几秒，加了起来，慢个十分八分，不是怎么一回事。"

天呀！我这个慢一分钟都不能忍受的人，怎么可以不当一回事？友人和我吃饭，迟了五分钟不见我，马上打电话来提醒我有约会，因为他们知道我从不迟到的。

还是戴回电动表去，最准最可靠了。

"星辰"石英表准得不得了，后来更进一步，生产了电波的，在世界上建几个发出电波的铁塔，每天校正时刻，而且还是光能的，只要有光的地方，不管是阳光或灯光，都能自动上链条。

但是收不到电波的地方又如何？他们再推出了用GPS系统（全球定位系统）来对时的手表，本身就是一个迷你收发站，全自动调节时刻，就像iPhone（苹果手机）一样，在世界上任何角落，都能显示

---

① 的士高：迪斯科。

最准的时刻。

"那么你为什么不干脆买一个苹果的手表呢?连心跳也能计算得出来。"友人说。

当然也买了,但就是不能忍受它的丑。乔布斯说他所有产品都很性感,但怎么看,所有苹果手表都不可能有任何的性感迹象,免了。

还是从柜子里拿出"星辰",内地叫为"西铁城"的那个旧表来戴。好家伙,它一见光,即刻时针秒针团团转,一下子对准了时刻,可爱到极点。看样子一大块,原来用锑做的,轻巧得很。

墙上的挂钟,本来也用"星辰",打开盒子,拿到窗口附近一对,它自己会对准,缺点是不完善,用久了就坏,我家已坏了几个。

"你常去日本,在那边买个GPS光能钟好了!"友人又说。但是日本买的在中国香港用,并不对准。日本电器就是有这个毛病,只产来自己国家用。

还是得靠日本的GPS钟,跑去香港的崇光百货,那里有得卖,是个"精工"牌的,大得很,黑白二色,设计简单。

我不肯好好看说明书,请店员把它对准,一次过后,再下来它就会自动用电波调节,显示天下最准的时刻。

挂在墙上,以它为标准来对家里所有的时计,我的准时癖已经不可医治,非最准不可。当今看看这个,用它来做标准,知道一分一秒也不会错,才心安理得。

这个"精工"牌子的挂钟,并不便宜,要卖到三千多港币一个,现在只在初用阶段，要是今后觉得可靠，再贵也要把家里所有挂钟都换成这种产品。

有了天下最准时的钟表后，以为天下太平，就开始做起梦来。我的噩梦，多数是大家在火车站等我，我还没有起身，一看只剩下七八分钟火车就要开了，赶呀赶，最后一分钟赶到时，火车提早开出。不然就是等着要交稿，一分又一分，一秒又一秒地跳动，怎么写也写不出一个字来，种种种种，都是和不准时有关。

在现实生活，我约了人，几乎不会准时，只会早到，一生之中大概只有两三次让人家等。如果你是一个因为我等上五分钟的人，那你今天的运气不好。

轻物

所谓物轻人情重，有什么送礼好过火柴？

火柴又有什么稀奇？朋友问。

我小时候用的火柴都是笨笨重重一大盒的，现在到任何香烟铺或家庭用品部找，只有打火机，别说古老包装的火柴。

别小看这盒火柴，它是老远地由瑞典运来的。招牌上画着三只脚，或者一只燕子，几个得奖的金牌图案。当年认为老土，现在看起来简直是艺术品。

尽管出现各色各样的打火机，厨房中还是火柴实用。尤其是在点雪茄，更非长条火柴莫属，火柴是不会被淘汰的。

火柴盒作长方形，侧边涂着两片褐色磷体，当今的火柴逐渐改进，磷体成为一点一点的组合，看起来不十分可靠。体积也缩小了，只有旧火柴盒的三分之二。这下子可真麻烦，我买的古董烟灰盅屏常有古铜火柴夹子，用当今的火柴绝对夹不住。

气起来，用张厚纸垫着，勉强将当今的火柴盒塞了进去，但是美感尽失,欣赏什么古董?不如用打火机。

追寻那古老的火柴,变成一件重要的任务,我到泰国、土耳其、南斯拉夫等地方,首要寻找火柴。

火柴吗?我们有。拿出来的都是那他妈的新包装,对方还以为自己国家很进步呢。

失望又失望,想不到这次去北海道,在便利店中找到心目中的火柴。两盒包在一起,卖一百円①,六块六港币。盒上也画着一只燕子,是日本人当年专门模仿外国货的遗迹。大喜。

有时候帮了人家一个忙,对方一定要送些礼物。只见过一两次面的,问我要什么,我会说要一包日本米。熟一点的,要一根萝卜。最好的朋友,要一盒火柴。情重嘛。

---

① 円:日元。

男人

什么叫一个男人？

基本上，他要守时、有礼貌、重诺言。这是我问父亲的第一个问题，他那么回答我。

从此做了数十年，非常辛苦，尽量没去违反父亲的教导，虽然说不合时宜，但做一个不合时宜的人，是很过瘾的，这自己知道，旁人不会了解。

骗人算不算坏事？

不伤害对方的谎言，大可说也。骗人需要技巧，不容易学到，还是别去尝试，不然一下子就被人拆穿。学习一种叫把事实保留的方法吧。不告诉你，是最强的武器！

侠义呢？

路见不平，拔刀相助，那是有功夫底子才行。赔上命不是办法，打电话报警吧。

仁义呢？

听江湖大佬的话,人先死。谈不到做不做一个男人。

节俭成性呢?

孤寒的男人,永远是一个最低级的男人。对别人慷慨,对自己刻薄,是可以接受的。别人骂你傻,你心中高兴就是。

和男人的友谊呢?

友谊是永远存在的。和自己的知识水平不能相差太远。小学中学时的友谊会随思想的成熟而变化,不能死守,但虽疏远,还是怀念,仍然关心。

和女人的友谊呢?

很难。但也有。

要不要做成一个大男人?

大男人从保护女人开始。有太太赚钱、丈夫花亦无妨的胸襟,才叫大男人。

教养

又去 Mercato gourmet（蒙卡图美食家）买食材，这家意大利超市一共有五间分店：湾仔永丰街三号、半山坚道五十三号、跑马地成和道二十三号、新海怡广场1210地铺，今天到的是半岛酒店地库的。

照惯例买了 Pancetta（烟熏猪颈肉），由一大块方形肉切成一片片，每片五公分厚度，真空独立包装，回家后要吃时再切成长条，可炒鸡蛋，或就那么煎，做即食面放几条进去，才不会寡味。

不习惯的人以为是培根，培根用的是五花腩，这种猪颈肉比培根香得多，试过就知道。

啪嗒一声，一个女士把架上的三四瓶橄榄油推倒，泻得满地，她只是说声对不起，其他不表示，店员们好生为难，也出不了声。

香港人很少那么没教养，打破人家东西就得赔钱，店里也应该会打个大折回敬，但她却没那么做，悻悻然走了出去。

我看不惯，可是能够说些什么？只能摇摇头。庆幸的是，身边友人，都有教养。

人生

人家问我："什么是人生？"

"吃吃喝喝。"我总是那么回答。

其实吃多了，喝久了，懂得一些，明白一点，比较一下，就知高低，不知道的就问，学问、问学，就这么产生了。

如果单单是吃吃喝喝的话，那么不叫人生，那叫猪生。

一面学习，一面享受，多快乐呀。

学到的是，虽然吃，但要适量地吃，不然一定吃出毛病来。学到的是，虽然喝，但最好浅尝，不然酗酒，一定中毒。道理就那么简单。

我们应该除了正职之外，培养一些兴趣，有了兴趣，多加研究，成为专家，像吃吃喝喝一样，变成求生本事。这种本事一多，人就不怕老。不怕老，是人生的第一课。

日子过得一天比一天快乐，是第二课。

至于第三课，是不怕痛。生理的痛，可以大吞药丸，思想的痛，不想就没事。这是倪匡先生的金玉良言，切记、切记。

父亲交友录

爸爸交游广阔,友人很杂,各类人物皆有,到了新年,送来的礼物不少,有的是一瓶白兰地,那是妈妈喜欢;有的只是十二个鸡蛋,爸爸很高兴地收下。这些友人敬重他,可见平时待人接物,总是真诚。

交情最深的是许统道先生,这位南来的商人无铜臭味,家中藏书最多,做生意赚到钱,不惜工本购买所有五四运动以来的初版书,每一本都齐全,后来和出版社及作者本人以通信方式结交为好友,对方需要买不到的西药,他都一一从新加坡寄去。

统道叔留着小髭,总是笑嘻嘻的,自己的儿女不爱读书,就最喜欢姐姐和我,把从不借出的书一批批让我们搬回家,一星期换一次。

还记得他在炎热的天气下也穿唐衫,小时以为一定流一身汗,现在才知道他穿的是极薄的丝绸,很透风的。爸爸为统道叔家里的藏书分门别类,另外将各大学出版的杂志装订成册,让他喜欢不已。五十多岁时患病,最放不下心的就是这几万本的书,爸爸在病榻上和他商量,捐给大学,统道叔才含笑而去。

到了星期天，如果不去统道叔那里，就在家宴客，妈妈和奶奶烧的一手好菜，吸引了不少文人，像郁达夫先生就是常客，父亲收藏了他不少墨宝，后来郁风来港，刚好父亲也来我家中小住，知道郁风女士要出版郁达夫全集，就把所有郁先生在南洋的书籍都送了给她。

有时也开小雀局，刘以鬯先生常来打牌，当年他写《南洋商报》的专栏写得真好。一群作家都喜欢来家聊天，包括了从福建泉州来的姚紫，原名郑梦周，写过二十四本小说，《秀子姑娘》在报上连载时很受读者欢迎，另一部《咖啡的诱惑》也被拍成电影。

作家的形象本来应该像刘以鬯先生那样斯斯文文，但姚紫先生皮肤黝黑，两颗门牙突出，满脸须根，绝对不会令人联想到他是以文为生。

也不尽是男士，其中有位长得白白、身穿白旗袍的女作家叫殷勤，最爱来家和父亲聊天，她是山西人，从香港来新加坡，在报馆工作，后来去了纽约定居，记得我到那里拍旅游节目时，家父还嘱我去探望她，但可惜没时间。

因为任职邵氏公司之故，电影圈的朋友当然很多，通信最密，但不常见的是长城电影公司总经理袁仰安先生，当年拍戏，要在南洋发行前总是把剧本寄到新加坡给家父看看，给点意见。通信多了，知道双方的中文修养和对文学的喜爱相同，成为好友。

明星们来南洋做宣传，也多由家父照顾，白光女士回去之前说来港一定要找她。那么多位演艺圈人士也不能一一拜访，家父在天星码头与她碰上了，对方竟当作不认识，还是近来才听到姐姐说的。

但家父也不介意，继续照顾来新加坡的艺人，有位老一辈的演员兼导演顾文宗先生还来我们家住了很长的一段日子，这传统由我承继，我到香港邵氏公司任职时，顾先生也住在影城宿舍里头，他去世时也由我去把他扶上担架的。

印象深的还有洪波先生，观众们想不到的是这位专演反派的配角，学问是那么深的，他对角色研究很彻底，在《清宫秘史》（1948）中扮演李莲英，但没有奸相，说能坐到那个位子，一定深藏不露。

来家里和家父坐谈中国文学，无所不精，刚好我从学校回来，问我名字，当年我的乳名是璐字，洪波先生想也不想，就拿起毛笔，以精美的书法在宣纸上写着："蔡，大龟也；璐，玉之精华。蔡璐，孝者之光辉。"

最后丢失了，真是可惜。

爸爸的朋友，也不尽是名人明星，小人物最多，欣赏一位很有才华的木工华叔。华叔是广东人，年轻时打架成单眼，他说这很好，看东西才准。过节一定拿东西来相送，我也最喜欢华叔，和他几个儿子成为死党，常到他们家吃咸香煲仔饭，我对粤菜的认识是由他们家学来的。

又有一位黄科梅先生，报馆的编辑，他一早就知道宣传的厉害，说服一家叫"瑞记"鸡饭的老板下广告，结果变为名店，新加坡鸡饭也由此传开。

还有银行家周先生，年老丧妻，把一个酒吧女士加薪双倍请回家照顾他，儿女们大大反对，周先生一气："钱是老子赚回来的，要怎么花就怎么花！"

还有刘作筹先生，是黄宾虹的学生，一生爱画爱书法，越藏越多，知道我这个世侄喜欢篆刻，就把我介绍给冯康侯老师学治印，买到什么字画一定叫我去看。

到最后，刘先生把所有藏品赠送给香港博物馆，自己过他的吃喝玩乐人生，八十二岁那年，在新加坡的女子理发院修脸时，安然离去。

还有数不清的友人，待日后才写。

父亲的早餐

"香港有什么好餐厅介绍？"你问我的话，我答得出，而且相当准确；只要讲明是什么菜，我都有数据指引，因为我对这个都市很熟悉，在杂志写食评也写了二十多年。

要是问到内地，便搔首，几个大城市也许有点认识，但二线三线的，就不知道了。像我去了大连，哪家食肆值得去，就得问洪亮。

内地的餐厅无数，所谓的食评家也不少，但信得过的，只有几个。首先，他们必须去得多，吃得多，才能得出结论，而且不能白饮白吃，不然只有替人说好话，如果介绍的多是财势雄厚、出品一般的，这个介绍千万别听。

为什么问洪亮？因为他是哈苏相机的品牌经理，得到全国各地做宣传活动，本身爱吃，到处吃，就吃出一个道理来了。

洪亮脸圆圆，身材略胖，性格开朗，懂得自嘲，如有孕妇在场，就把自己的肚皮和对方相比，拍一张照片，大笑一番。

他祖母是江苏宜兴人，祖父是福建长汀人，都爱吃，爱做菜，从小就贯通了南北的味道。

一九七五年全家搬到湖北,在那里他慢慢习惯了吃辣,最重要的是,在那物质贫乏的年代,他们一家都尽量地享受一些小食,有什么吃什么,从不嫌弃,从不抱怨。

后来又随父母到了武汉,热爱热干面、豆皮和汤包。那年代,辣鸭脖子还没人会吃呢。一九八八年考上北京大学,之后便在北京落叶生根,对于北京菜,当然是最了解,我在北京一认识他,便先问我爱吃什么,我说来了北京一定要吃羊肉,带我去的羊肉店,一间比一间出色,我对他的信任,也一天比一天加深。

"去了大连,一定要吃焖子。"他说。

焖子是什么?听都没有听过,原来是用地瓜粉加凉开水调成稀汁,再在锅中加热,不停地搅动,后放置凉透,凝固成块,用刀切成,抹上油煎至金黄。那么简单的一道小吃,加上海鲜,加上肉,加上鸡蛋,做成各种味道,精致起来,错综复杂,的确能代表大连的小吃,我被他介绍后每到一间餐厅都叫这道菜,吃得上瘾。

当今,全国各地几乎给他跑遍,我每到一处,必先向他请教,总会找出一些真髓,再由他推荐的餐厅中一一欣赏,从来没有失望过。

我常说真正会吃的人一定会烧菜,洪亮顺理成章地上了湖南卫视的《锋尚之王》、中央电视台的《厨王争霸》、北京电视台的《美食地图》等等,上得最多的是《食全食美》,在节目中露两手。

除了勤力吃、勤力做菜,他还勤力做记录,每到一家餐厅,都仔细地把每一道菜拍摄下来，不管这家食肆他去过多少次，照拍不误，之后选出最好的照片来。年老，记忆力差，试过的菜不记得，就找他要照片和资料，他都详细地为我传过来。

洪亮的文笔不错，常在《Time Out 北京》《时尚芭莎》《天下美食》《摄影旅游》《名厨》等杂志发表过多篇。

"这么珍贵的一个宝库，不聚集成书，岂不可惜？"我向他提出建议。

之后，他以为只是说说，不当一回事，哪知我返港后即和皇冠出版社的老总麦成辉说起，一拍即合，计划马上通过，随时出书。麦成辉说总得写一个序，引起我写这篇东西的动机，书未出，序已成，佳话也。

当今网上的资料无数，出书还有人买吗？我拍胸口，一定成功，因为大家找到的，并不一定是你要的，而且读者们每到一个不熟悉的城市，一定得吃，但时间宝贵，去一家吃了一口怨气的，不如去一间不会令你失望的。

我的主意是印成一本随身可携带、用铁环串起的，今后有新的餐厅，便能像活页一样随时加入，或者，目的地既定，旅行时只取要用的那个部分便可，今后也可以做成一个 APP 或做成电子书，任何方式，只要内容丰富，都能卖出。

洪亮这个人与我特别有缘分，我姐姐小时跟母亲姓洪，她一诞生哭声很嘹亮，爸爸就替她取了一个亮字，也叫洪亮。北京洪亮在微博上有另外一个名字，叫"心泉之家"，没有问过他是怎么取的，可能和他做菜的态度有关系吧？

自从有了微博，洪亮每天为他儿子做了早餐，就把照片刊出，花样之多，让我们这群微博之友，都要看他今天做的是什么。既然上馆子，叫的东西吃不完打包回去，翌日加个蛋或一些蔬菜翻炒一炒，又是一碟美食。但是看洪亮的照片，没有一张是隔夜菜，每一道都是在市场买最新鲜的食材做的，那要多早去买，又要花多少时间来做？

最近，他的儿子上了大学，寄宿，吃食堂菜，洪亮不必再做了，大概他会很失落，像女儿出嫁那般的失落吧？

相信他的儿子，长大了，娶了媳妇，生了儿女，会更了解父亲的心思，也许，是儿子做早餐给自己子女吃的时代到了。

师兄襕绍灿

襕绍灿比我小十岁，但他拜师早一星期，从此以师兄称之。

冯康侯老师的小儿子去世，我们问老师是不是暂停一阵子，再来上课。老师摇摇头："失去一个，得了两个。"

之后，我们每星期上一堂课，由王羲之的《圣教序》开始学起。因为老师说："书法主要学来运用，并不是学来开书展。草书太草，楷书太死板，还是行书用得最多，学会了《圣教序》，日常写字，都能派上用场。"

绍灿师兄跟老师之前学过书法，底子很强。我则一窍不通，从头开始。

绝对不是因为他先学过，我赶不上他。主要是绍灿兄很勤力，我很疏懒。

临了一两年碑帖之后，冯老师才教我们篆刻。这时我兴趣大至，特别用功。老师认为我刀笔朴茂，尤近封泥，送一副对联鼓励，但是襕师兄已牢记甲骨金文和大小篆，对刻印的技巧和布局，面目丰富，强我许多。

老师自童年至八十岁，一生奉献于书法、篆刻和绘画，对我们发问的问题，无一不以深入浅出的方法解释，但我还是有许多听不懂的地方，放课之后，在附近的上海小馆中一面喝啤酒，一面请教禤师兄，得益不浅。

东西是吃不下了，因为在上课时，老师虽然收了我们一点象征性的学费，但是每一课都和师母一起喝汤。老师又爱吃甜品，有个"糖斋"的别号。什么蜜饯糖水，吃之不尽。

"你们与其向我学书法，不如向我学做人。"老师说："做人，更难。"

学问是比不上禤师兄了，但我们两人在老师影响下，个性同样地变得开朗豁达，受用无穷。

眼看禤师兄拍拖、生儿育女。现在子女都长得和他一般高了，他还是老样子，每天在上海商业银行上班，回家后做功课，十年如一日。

我的生活起伏较多，书法和篆刻荒废已久，但有时受人所托，刻个图章。布局之后，也要先请教于师兄，看看有什么篆错之处，才敢拿去见人。

当年我住嘉道理山道，绍灿兄的办公室在旺角，我们一星期总有几天去一家小贩和清道夫麇集的"天天"茶楼吃早餐，阔谈文章。虽然不是酒酣耳热，但也有宋人刘克庄所说："惊倒邻墙，推倒故床，旁观拍手笑疏狂"的感觉。

不断地努力之下，襧师兄几乎临尽历代名碑帖，看他写字的时候，笔锋左右摇动，身体也跟着起了波伏，已经学到老师所说的"撑艇荡漾"的境界。到这地步，已经着迷，领略书法给予人生的欢乐。

而我呢？远远不及，只能坐在岸边旁观罢了。

现在襧师兄借了好友赵起蛟夫妇的地方，在窝打老道和梭桠道之间的松园厦，每个星期一教课，好一些喜爱书法的年轻人都在那里练字。

向冯老师学习，襧师兄也只收些象征性的学费，目的还是一方面和年轻人有个交流，一方面自己进修。

偶尔，我也去上课，年轻人见到我，叫我师叔，有点武侠小说的味道。

"师叔，请过几招。"他们说。

我多数只是笑而不语。有时技痒，便讲出整张字中布局的毛病。教人我是不会的，但构图不完美，看多了总摸出个端倪，便倚老卖老地指指点点。

同学之中有一位是张小娴的表哥，任政府高职，人生有点不如意。自从我介绍去襧师兄处练字之后，利用书法分散注意力，对人间的冷暖，也看淡了许多。

每逢星期四晚上，襧师兄和一群志同道合的朋友，在庙街的"石斋"雅集。"石斋"本身卖文房用具和艺术书籍，并供应各地制造的书画纸。好友们就地取材，拿起毛笔便写字，闹至深夜，乐融融也。

师嫂非常贤淑,一直在当教员,还要负责家务,身子不是很好,我只能偶尔慰问,惭愧得很。她支持也欣赏丈夫的成就,从不诉苦。

依绍灿兄的修养,应该时开个展才对,但他只在团体书法展中,拿几幅出来给人看看。

老师说过:"个展这回事,也相当俗气,开展览的目的离开不了卖卖字画。来看的人,懂得欣赏的不多,有时还要应付些可能买画,但又无知的人。向他们解释哪一幅比较好,已经精疲力尽。"

禢师兄大概有鉴于此,不肯为之吧。

还是默默耕耘,做培养下一辈的功夫。子弟之中,有些颇有灵气。要是他们学到禢老师的精神,今后自成一家,也毫无问题。

冯老师仙游,我们悲恸不已。好在有禢绍灿师兄,他对老师所说过所教过的一言一语,都牢牢记忆,变成一本活生生的书法和篆刻的字典。在他身上,我看到冯康侯老师生命的延长,非常欢慰。

禤绍灿书法篆刻展

禤绍灿兄从小喜爱书法与篆刻。

在一九七五年首次于中环闲逛,遇一途人询问"文联庄"于何处,指示之。后来两人重遇,得知此人叫陈岳钦,新加坡人,来港学习书法,而教篆刻的,恰好是绍灿兄崇拜的冯康侯老师,苦于没有门路认识。

恳求陈先生介绍,数月后终于有机会拜见,得冯老师允许。我则是在强登山阶段,托家父好友刘作筹先生推荐。绍灿兄的年纪小我甚多,但早我一日拜师,之后便以师兄称呼。

之前,我们二人先见了面,约好一齐上课。忽然,惊闻老师爱子当天过世,绍灿兄和我不知如何是好。

两人商量之后,觉得已约好时间,打电话取消甚不恭敬,不去是不行了,上去了至少可以表示我们的哀悼。老师当年家居北角丽池一小公寓,必爬上一条窄小的楼梯才能抵达,两人也就硬着头皮进访。

冯老师身材瘦小,面貌慈祥,微笑着向我们说:"当然上课,我把丧子的悲痛，化为教导你们的力量。"

拿起毛笔，冯老师叫我们写几个字，什么？毛笔都忘记了怎么抓，如何写字。老师看到我为难的表情，安慰说："不要紧，不要紧，尽管写就是。"

原来，从学生的字迹，老师即能看出人的个性，字太俗气，就改变教学方式，令来者知难而退。这是以后我们由数名来学的新生看到的，那时才流出冷汗来。

禤绍灿我叫他灿哥，我的那辈的人，都会称呼比我们年轻的人为兄或哥，像世伯刘作筹先生也一直叫我蔡澜兄一样。

冯康侯老师说我有点小聪明，禤绍灿勤力，方能成为大器。说得一点也不错，我还为工作奔波，拍成龙的片子，去西班牙一年，南斯拉夫一年，失去很多向冯老师学习的机会。

而灿哥那么多年来任职同一家银行，做的也不是数银纸的枯燥工作，而是编辑银行的内部刊物，当然与文化有关。那么多年来，灿哥上课从不间断，老师所说的他一一牢记，并做笔记，可以说是一本活字典。冯老师离我们而去，但对于书法和篆刻的一切，由如何执笔、用纸，到怎么挑选石头、写印稿、什么叫印中有笔墨等，都留存在灿哥脑海，他本人，已是无形文化财。

记得冯老师的名言："我临古人帖，尔等亦临古人帖；故我们非师徒，同学也。"

向冯老师学的岂止是书法与篆刻，而是做人的谦逊。灿哥当然得到真髓，又配合他胸怀坦荡的个性，说的句句是真话，与一般书法家有别。

经众人推举，叫我为才子，但真正的才子，须精通二十样功夫。别的不说，列在最前的五项为"琴棋书画拳"，我就做不到了。灿哥年轻时学习武术与兵器，中年之后更深造螳螂拳及意拳，令我佩服不已。

灿哥曾说，人生快乐，莫过于对书法的热爱，记得我们从冯老师家中放课后，就到附近的上海馆高谈阔论至深夜，那种愉悦，我也感觉一二。

上课时，冯老师会将我们学的帖在纸上重写一遍，让我们临摹，像《圣教序》，因集字而失去行气，经老师重写，不失原帖神髓，我们更能捉摸到整句的感觉和气势，这是一般人读帖得不到的福气。

临摹之后，我们拿去给老师修改，时常被指正，脸红不已。偶尔得到的赞美，是老师在字旁用毛笔画了一个红鸡蛋，得到了便欢喜若狂。

承继这种教学方法，如今绍灿兄也收弟子，一一圈出红鸡蛋。他家里留给他的物业，有一间在中环的房子，面积虽小，但如今变卖，也价值不菲，绍灿兄没这么做，当成教室，把学问传给年轻人。

偶尔，学生们上课时我也跟着上课，到底要向绍灿兄学的还是很多。当今，我已荣升为师叔，年轻人都口口声声地这么称呼，要我表演两手，我嚷说只会教坏子弟。

绍灿兄上课时，耐心地解释每一个字的出处，由于他学篆刻，得精通各种文字，从这个字的甲骨、钟鼎、封泥、大小篆，如何演变到今天大家熟悉的楷书，令学生得益不浅。

"通过对学问和知识的追寻，得到不能形容的快乐和满足。"绍灿兄说，"书法是一条孤独的道路，但书写时好像在撑艇，整身摆动，舒服无比。本人治学，六十年如一日，永远认为艺术是神圣的，永远不以此作为手段。"

学生之中，有一个我介绍过去的，叫李宪光，他也叫我教几句，我说："灿哥也说过：对任何学问，先由基本做起，不偷工减料，便有自信，再进一步学习，尽了自己的力量，不取宠，不标新立异，平实朴素，就自然大方，我们脚踏实地，我们便有根，不用去向别人证明我们懂得多少，那个没有后悔的感觉，是一个多么安详的感觉！"

大业郑

很多读书人的梦想,就是开一家书局,香港的贵租,令到书店一间间倒闭,开书店实在不易,开一家专卖艺术书籍,那就更难了。

我们向冯康侯老师学书法时,常光顾的一家叫"大业",开业至今已有四十多年,老板叫张应流,我们都叫他为"大业张"。

店开在史丹利街,离开"陆羽茶室"几步路,饮完茶就上去找书,什么都有,凡是关于艺术的:绘画、书法、篆刻、陶瓷、铜器、玉器、家具、赏石、漆器、茶等等等等,只要你想得到,就在"大业"里找得到,全盛时期,还开到香港博物馆等地好几家呢。

喜欢书法的人,一定得读帖,普通书店中卖的是粗糙的印刷物,翻印又翻印,字迹已模糊,只能看出形状,一深入研究就不满足,原作藏于博物馆,岂能天天欣赏?后来发现"大业"也进口二玄社的版本,大喜,价虽高,看到心爱的必买。

二玄社出的也是印刷品,但用最新大型摄影机复制,印刷出来与真品一模一样,这一来,我们能看到书法家的用笔,从哪里开始,哪里收尾，哪里重叠，一笔一画，看得清清楚楚，又能每日摩挲，大叫过瘾。

大业张每天在陆羽茶室三楼六十五号台饮茶，遇到左丁山，从他那里传出年事已高，有意易手的消息，听了不禁唏嘘，那么冷门的艺术书籍，还有人买吗？还有人肯传承吗？一连串问题，知道前程黯淡的，有如听到老朋友从医院进进出出。

忽然一片光明，原来"大业"出现的"白马王子"，是当今写人物访问的第一把交椅的才女郑天仪。

记得苏美璐来香港开画展时，公关公司邀请众多记者采访，而写得最好的一篇，就只出自她的手笔，各位比较一下就知我没说错。如果有兴趣，可以上她的个人社交网站查看就知道，众多人物在她的笔下栩栩若生，实在写得好。

说起缘分，的确是有的，天仪从小爱艺术，这方面的书籍一看即沉迷，时常到香港博物馆的"大业"徘徊，难得的艺术书必用玻璃纸封住，天仪一本本去拆来看，常给大业张斥骂，几乎要把她赶走。

后来熟了，反而成为老师小友，大业张有事她也来帮忙，有如书店的经理。

当左丁山的专栏刊出后，天仪才知道老先生有出让之意，茶聚中问价钱，大业张出的当然不是天仪可以办到的，因为除了书局中摆的，货仓更有数不尽的存货，一下全部转让，数目不少。

当晚回家后天仪与先生马召其商量，他是一位篆刻家，特色在于任何材料都刻，玻璃杯的杯底、玉石、象牙、铜铁等等，都能入印。从前篆刻界也有一位老先生叫唐积圣，任职报馆，是一位刻玉和象牙的高手，也是什么材料都刻，黑手党找不到字粒时，就把铅粒交给他，他大"刀"一挥，字粒就刻出来，和铸的字一模一样，唐先生逝世后，剩下的专才也只有马召其了。

先生听完，当然赞成。天仪也不必在财务上麻烦到他，找到一位志同道合的朋友，各出一半，就那么一二三地把"大业"买了下来。

成交之后，大业张还问天仪，你为什么不还价的？天仪只知不能向艺术家讨价还价，大业张是国学大师陈湛铨的高足，又整天在艺术界中浸淫，当然也是个艺术家了，但没有把可以还价的事告诉她。

"接下来怎么办？"我问天仪。

"走一步学一步。"她淡然地说，"开书店的梦想已经达到，而且是那么特别的一家。缺点是从前天下四处去，写写人物，写写风景，逍遥自在的日子，已是不可多得了。"

那天也在她店里喝茶的大业张说："从日本进货呀，到神保町艺术古籍店走走，也是一半旅游，一半做生意呀。"

大业张非常热心地从口袋中拿出一本小册子，里面把他交往过的联络仔细又工整地记录下来，全部告诉了天仪，等他离开后，我问天仪一些私人事。

"你先生是宁波人，怎么结上缘的？"

"当年他长居广州，有一次来港，朋友介绍，对他的印象并不深，后来也在集会上见多了几次，有一回我到北京做采访，忽然病了，那时和他在社交网络上有来往，他听到了说要从广州来看我，问我住哪里，我半开玩笑说没有固定地址，你可以来天安门广场相见，后来我人精神了，到了广场，看见他已经在那里站了一天，就……"

真像亦舒小说中的情节。

当今要找天仪可以到店里走走，如果你也是大业迷，从前在那里买的书，现在不想看了，可以拿来卖回给他们。

很容易认出是她，手指上戴着用白玉刻着名字的大戒指，出自先生手笔的，就是她了。今后，书店的老板将由大业张改为大业郑了。

哈利友

我们的电影里有场追逐的戏,成龙救了美人之后,十几个歹徒追杀他,成龙用他的急智,躲进人群之中。

这堆所谓的"人群",结果越弄越大,变成有几十对骑着"哈利"电单车的"地狱天使"团体结婚,给成龙误闯婚礼。

帮我们拍的,个个都是货真价实的"地狱天使",大胡子,大肚腩,戴黑眼镜,穿皮衣裤,长头发的男女。

普通人见到了怕得逃避,我和他们聊天,才知道对他们的印象是错误的。

"我们一有空,就到儿童医院去,生病的小孩子们想试骑电单车的味道,我们载他们到郊外去走走,回到医院,他们都说心情开朗得多了。"

原来这群哈利友是喜欢做善事的。

"除了小孩,我们也到老人院去。"一个大胡子说,"你不知道,那群老人乘了电单车,多高兴!其中还有一个是九十五岁的。"

"你们不务正业,钱哪里来?"我问。

"谁说我们不务正业啦?我们都有正当的工作的。"说完他指着这个指着那个,"他是律师,他是餐厅老板,他是水泥匠,他是银行经理。"

"你们到处去,有没有一个目的地?"我问。

"当然有啦。"大胡子说,"我们这个会有八十几个人,只要其中一个建议去什么地方,大家都赞同,由这个人带队,他便是领袖,我们个个轮流做领袖。"

"无端端地跑到人家的旅馆,不把人家吓坏才怪呢!"我说。

大胡子笑了:"我们会预先打电话去的,我们几十辆亮晶晶的哈利电单车停在旅馆面前,也为他们做广告,通常我们还很受欢迎的。"

"你们怎会爱上哈利这种电单车的?"这个问题我一直想知道。

"天下再没有比哈利更漂亮的机器了。"大胡子指着他自己的那一辆,"我一有钱,就添一点装饰品,加呀加呀,车子就有自己的个性,你看我们这么多辆车,没有一辆是一样的。"

仔细观察,果然都不同。

"一般人的印象,你们都很坏,你们真的很坏吗?"我单刀直入地。

"坏?"大胡子说,"我们一有时间就装修我们的车,哪有时间学坏呀?"

说得也有点道理。我问:"警察看到你,会不会找你麻烦?"

"会,"他说,"他们时时截停我,查我的身份证,我就拿出我的勋章给他们看,我也是一个警察。"

"地狱天使,最过瘾的是什么事?"我问。

大胡子说:"最过瘾的,是载了我的太太,把车子停在一间高级餐厅前面,大摇大摆地走进去吃饭,人人都怕我们,把我们当成是妖怪,但一接触,知道我们都是好人一个,大家都惊奇,我就是喜欢那个惊奇的表情。"

我笑了出来,想起最初遇到他,我的表情,也是那么滑稽,他看了一定很乐。

大胡子身边的女伴,也和他一样穿皮衣裤,长发披肩,看起来也是近五十的人,有一份高贵的气质。

"这是我的妻子。"大胡子介绍,"平时做服装设计的。"

她伸出手来让我握。

"你们多多少少,都受了做过嬉皮士的影响,是不是?"我问。

她点头:"那是一个美好的年代。现在过了,才知道它的美好,我们无拘无束,我们奔放自由。看目前年轻的一代,个个死盯着计算机,更觉得嬉皮士的可爱,到底我们可以向自己说:我们没做错过。"

"你们有孩子吗?"

"都长大了。"他们同时回答,"现在在念大学。"

"父母亲是地狱天使。"我问,"他们有什么想法,怕不怕给人家笑?"

大胡子说:"他们不能接受我们的生活方式,就像我们不能接受我们父母亲的生活方式一样,但这不代表他们会恨我们,我们也没恨过我们的父母。"

"青春期的反抗心理总有吧?"

"那个时期什么都反抗,和做地狱天使无关。父母亲的教育对子女太过重要了。我小的时候,三更半夜,父亲会把我叫醒,驾了车,到原野去数那无尽的星星,这个印象一直种植在我的脑中,也影响我后来的生活。当然,当我们有小孩的时候,也三更半夜带他们去看星星。我想,他们长大后,也会带他们的儿女去看星星。"大胡子的太太一口气地说。

"带我去看星星。"我向他们说,"现在去,不会太迟吧?"

"不迟。"说完,他们走过来拥抱我。

不回来的朋友

我们在纽约看外景,当地的制作人说有一部低成本的电影在附近拍,问我们有没有兴趣顺便看看,当然点头。

这是一部打斗片,制作成本只是三十万美金。拍成后卖给录像带公司和电视,会有点小钱赚。

拍摄地点是武馆,由一家破烂的小教堂改装。

教堂主人是一位艺术家,普通的住宅放不下他的越来越多的作品,最后只有把这间小教堂租下,才够空间。

一看,所谓的作品,是一堆一堆的铁管,胡乱地绑在一起,就是他呕心沥血的艺术品了,有些还由天井上吊下来,虽然与武馆景无关,电影的美术设计将这些烂铜烂铁移在一边,也不完全搬走,因为教堂主人说,要是让他的作品在银幕上露一露相,可以少收一点租金。

纽约很可爱,是个可以让这群艺术家生存下去的地方。

教堂中间挂着一块巨大的白布,布上写了一个大"禅"字,是这部武术片的主题。

男主角为一高大的黑人，光头，有胡子，面孔慈祥，三十岁左右，他正在仔细地听师父的教导。

师父说："这些年下来，你也学到不少东西，现在我老了，把这间武馆传给你。"

英语相当地纯正，演师父的人，上了年纪的观众会记得他：年轻观众也会常在粤语残片上看到他的出现。此人眼睛很大，眼球有点凸出，眼眶略黑，颧骨高，消消瘦瘦，常演反派，对，他就是龙刚了。

龙刚见到我们，拍完这镜头后前来打招呼，我们怕影响拍戏进度，寒暄了几句，约好隔几天吃饭，便告辞了。

替我们做当地联络的雷自然和龙刚很熟，告诉我们一些事："龙刚在纽约什么都做，他还开了一个太极拳班，收徒弟呢。"

"他的功夫了得吗？"我们问。

雷自然说："他用一根手指，就可以将一个大汉推得倒退几步。"

"真的？"我们惊奇。

"真的。"雷自然说她亲眼见过。

纽约天气真冷，眼看要下雪，但又下不成，昏昏暗暗的，下午三点半钟已经开始天暗。

我们到了一家叫"山王饭店"的所谓上海馆子，食物分量极大，做出来的菜，像山东多过上海。

龙刚准时抵达，带着他太太，和一位五六岁大的儿子。太太样子贤淑，听说在一家美国的大股票公司做事，职位相当高。儿子很可爱，有点老人精味道，但不是讨厌的那种。

替龙刚算算，他应该有六十多岁了，但直接问他时，他半开玩笑地说："当我是五十七八好了。"

"你不拍戏时，做些什么？"我们问。

"唔。"他说，"拍戏只是过过瘾，我来了美国这么多年，一共也拍不到几部电影，我主要的是每天在读书。"

"读书？"

"是的。"龙刚做个幸福的表情，"在美国，尤其是在纽约，上了年纪的人要读书，政府是鼓励的，有奖学金、补助金、无利息的贷款、分期付账等等，总之学费便宜得没人相信，有什么比读书更好？"

"学些什么？"

"电影。"龙刚说。

"电影？"我们好奇，"你还用学吗？你前前后后，至少拍了近一百部，也导过二三十部，《英雄本色》等很多电影都是你导的，还要上电影课？"

"纽约大学的电影，是世界最好的电影课程，我在那里学到的，和我以前做的完全不同，怎么可以做比较呢？"

"除了学电影，还学些什么？"

"还有演技呀，发音呀，单单是一门电影，已学不完。不过我也上油画课，大学里有全美国最好的绘画老师教导。"

"听说你的书法已很有根底的。"

龙刚谦虚："你们来看拍戏，布景上那个大'禅'字是我写的。不过我除了书法，还跟过杨善琛老师学水墨画。"

哇，我们惊叹："真了不起。"

龙刚笑了："这十五年来，我做足十五年的学生。"

龙太太并不像一般妻子，管束丈夫无所事事，还很开心地说："是呀，他一星期上七天油画课，回家全身是油彩。"

龙刚充满爱意地望着她："我来到纽约，最开心的，除了读书，就是遇到了她，和生了这个孩子。"

我们也可看到他是幸福的，真替这位香港老乡高兴。

"美国这地方，也是将婚姻制度看得最透的。离婚的父母，不影响到下一辈，没有亲朋戚友的压力，也没有道德观念的压力。人与人之间，有互相的尊敬，便长远在一起，这才算是真正的结婚。"

我们都同意。

临走前，问龙刚："你来了这么久，怎么不回香港走走？"

龙刚并不带伤感地回答："广东人有一句话：'卖儿子不摸头。'又不是衣锦荣归，回去干什么呢？"

别绑死自己

又是新的一年,大家都制定这次的愿望,我从不跟着别人做这等事,愿望随时立,随时遵行则是。今年的,应该是尽量别绑死自己。

常有交易对手相约见面,一说就是几个月后,我一听全身发毛,一答应,那就表示这段时间完全被人绑住,不能动弹,那是多么痛苦的一件事。

可以改期呀,有人说,可以,但是,我不喜欢这么做,答应过就必得遵守,不然不答应,改期是噩梦,改过一次,以后一定一改再改,变成一个不遵守诺言的人。

那么怎么办才好?最好就是不约了,想见对方,临时决定好了。喂,明晚有空吃饭吗?不行?那么再约,总之不要被时间束缚,不要被约会钉死。

人家事忙,可不与你玩这等游戏,许多人都想事前约好再来,尤其是日本人,一约都是早几个月。"请问你六月一号在香港吗?是否可以一见?"

对方问得轻松，我一想，那是半年后呀，我怎么知道这六个月之间会发生什么事？心里这么想，但总是客气地回答："可不可以近一点再说呢？"

但这也不妥，你没事，别人有，不事前安排不行呀！我这种回答，对方听了一定不满意的，所以只有改一个方式了："哎呀！六月份吗？已经答应人家了，让我努力一下，看看改不改得了期。"

这么一说，对方就觉得你很够朋友，再问道："那么什么时候才知道呢？"

"五月份行不行？"

"好吧，五月再问你。"对方给了我喘气的空间。

说到这里，你一定会认为我这人怎么那么奸诈，那么虚伪，但这是迫不得已的，我不想被绑下来，如果在那段时间内我有更值得做的事，我真的不想赴约的。

"你有什么了不起？别人要预定一个时间见面，六个月前通知你，难道还不够吗？"对方骂道，"你真的是那么忙吗？香港人都是那么忙呀？"

对的，香港人真的忙，他们忙着把时间储蓄起来，留给他们的朋友的。

真正想见的人，随时通知，我都在的，我都不忙的，但是一些无聊的可无可有的约会，到了我这个阶段，我是不肯绑死我自己的。

当今，我只想多一点时间学习，多一点时间充实自己，吸收所有新科技,练习之前没有时间练习的草书和绘画,依着古人的足迹,把日子过得舒闲一点。

我还要留时间去旅行呢。去哪里?大多数想去的不是已经去过吗?不,不,世界之大,去不完的,但是当今最想去的,是从前一些住过的城市,见见昔时的友人,回味一些当年吃过的菜。

虽然没去过的,像爬喜马拉雅山,像到北极探险等等,这些机会我已经在年轻时错过,当今也只好认了,不想去了。所有没有好吃东西的地方,也都不想去了。

后悔吗?后悔又有什么用,非洲那么多的国家,刚果、安哥拉、纳米比亚、莫桑比克、索马里、乌干达、卢旺达、冈比亚、尼日利亚、喀麦隆等等等等,数之不清,不去不后悔吗?已经没有时间后悔了。放弃了,算了。

好友俞志刚问道:"你的新年大计,是否会考虑开《蔡澜零食精品店连锁店》?你有现成的合作伙伴和朝气蓬勃的团队,真的值得一试……"

是的,要做的事真的太多了,我现在的状态处于被动,别人有了兴趣,问我干不干,我才会去计划一番,不然我不会主动地去找东西来把我自己忙死。

做生意,赚多一点钱,是好玩的,但是,一不小心,就会被玩,一被玩,就不好玩了。

我回答俞志刚兄道:"有很多大计,首先要做的,是不把自己绑死的事，如果决定下一步棋，也是轻松地去做，不要太花脑筋地去做。一答应就全心投入，就会尽力，像目前做的点心店和越南粉店，都是一百巴仙投入的。"

志刚兄回信："说得好，应该是这种态度，但世上有不少人，不论穷富，一定要把自己绑死为止。"

不绑死自己，并不是一件容易的事，我花光了毕生的经历，从年轻到现在，往这方向去走，中间遇到不少人生的导师，像那个意大利司机，向我说："烦恼来干什么，明天的事明天再去烦吧！"

还有遇到在海边钓小鱼的老嬉皮士，当我向他说："喂！老头子，那边鱼更大，去外边钓吧。"他回答道："但是，先生，我钓的是早餐呀！"

更有我的父亲，向我说："对老人家孝顺，对年轻人爱护，守时间，守诺言，重友情。"

这都是改变我思想极大的启示，学到了，才知道什么叫放松，什么叫不要绑死自己。

两个约会（上）

在二〇一八年十月五日，我又飞到青岛，这次有两个约会，一个是在青岛出版社大厦里面开行草展，另一个是十月螃蟹最肥，和李茗茗约好去吃生腌蟹。

早上的港龙①，下午一点多抵达，两个半小时的飞行，一点也不辛苦，我的书的编辑贺林来接机，直接到出版社去看书法展的准备，九千多呎②的展场，一共有两层，负责展出的是杜国营，他对我的书法装裱和布置已有了经验，这回很轻松地办完。

连同苏美璐的插图原作，一共有一百多幅，杜国营问我有什么改动的地方？我摇摇头，和他合作，真的有"你办事我放心"的关系了。

看完已经接近下午三点了，中餐就在出版社大厦里面的 BC 美食店吃，董事长孟鸣飞和他手下的大将都来了，见到面格外高兴，这回展出全靠他们的支持才能办成，集团董事会秘书马琪知我所好，已将

---
① 港龙：港龙航空。
② 呎：市制长度单位。1 呎 =33.33 厘米。

青岛啤酒的原浆买来，我一看即说："晚饭不如取消了吧，这么一来喝啤酒才能喝得痛快。"

"咕、咕、咕、咕"，原浆啤酒鲸饮，下酒的是蛎虾，个头不大，但味道极鲜美，深得青岛人宠爱，另有海鲈，用淡盐水腌渍，肚皮朝下摆，用石板压住，腌个七八天，发酵后有古怪味道，是令人吃上瘾的主要原因。

除了啤酒，另有崂山百花蛇草水，有些人一听名字即吓得脸青，说是天下最难喝的饮料！真是外行，蛇草与蛇的关系只是草上的露水，白花蛇特别喜舔而已，本身一点异味也没有，冷冻后更是好喝，另有解酒清热的功效。

喝个大醉，入住香格里拉，以为倒头即睡，哪知书店方面拿来了七百多本书要我签，勉为其难照办。和编辑贺林商谈，想出个新办法，那就是以后把内页寄到香港，签完夹在书中装订，何乐不为？

接下来那几天早餐都在酒店吃，那些莫名其妙的欧美或仿日式的自助餐实在难于咽喉。一直不明白酒店的早餐为什么不能加当地特色呢？这是外地人最想吃的呀，来些山东大包或各种馅料的水饺，还有凉粉，那该有多好吃呀！

十月六日，上午九时，在青岛出版大厦一楼大厅举行简单的开幕仪式，这是我要求的，我最怕什么隆重的仪式，最好是什么仪式都没有。

仪式完毕后集团董事长孟鸣飞亲自交来聘书一份，请我当文化顾问，我一向对什么什么顾问不感兴趣，但这份工作，我会很用心地把它做好。不然对不起孟鸣飞兄的友谊。

还是谈吃的吧，当天中午去了一家叫"铭家小院"的馆子，出名的小菜很多，留下印象的还是"凉粉"，我对青岛的凉粉印象极佳，每餐必食，而且每家餐厅的调料都不同，吃出瘾来。凉粉是选用海底生长的石花菜，晾干后小火煮三小时，把石花菜的胶质熬出，自然冷却结冻，再淋上等的老醋，若用意大利古董醋，味道也应该不错。

最特别的还是"脂渣"，这就是我们叫的猪油渣了，不过青岛人把猪油切得又长又大，炸后缩小，也有大雪茄般粗，拿来下酒一流。

印象深的还有"辽宁南果梨"，个头不大，样子也不出色，但一闻有阵幽香，咬了一口，像水蜜桃，极可口，是我第一次吃到的。

吃完回到展场，接受各媒体访问，还有在书和海报及各种衍生品上替读者签上名字，卖得特别好的，是这次青岛出版社为我出的书法精装《草草不工》。

到了晚上，重头戏来了，青岛新华书店董事长李茗茗特地从莱州运来当天腌得最合时、最成熟的野生梭子蟹，选的是活着的"火蟛蟹"，饿它两天，用盐水浸泡，这时口渴的蟹，喝的盐水流满全身，放进坛子封口浸两天再拿到我们饭桌上，那么大的蟹一人一只，吃进口也不觉得太咸，肉反而有甜味，我一只不够，吃足两只，才对得起它。

地点在当地的老牌子"老船夫"，招牌不管客人认不认得出，用草书写了一个"老"字,店里名菜很多,海鲜为主,但可能我已不能吃太硬的东西,发现"青岛船夫大海螺"的螺真是比我老了,"温拌活海参"也硬,"土鸡烧鲍鱼"两者都咬不动。

反而是最不豪华奢侈的"捞汁茭瓜丝"精采,用本地茭瓜,学名西葫芦刨丝,店里特制的蜜汁调味而成,可独自吃两碟。"酱椒鲨鱼肚"也很特别,"海胆黑猪肉水饺"便逊色,海胆这种食材一熟了就不特别。

两个约会（下）

在青岛的第三天，一大早去看古董，叫"昌乐路文化市场"，友人说当今摆的假货居多，怕你看不上眼，我回答一点关系也没有，真古董我也买不起，主要的是去感染一下当地艺术市场的气氛。

街两旁都摆满露天小档，里面有古玩及文房四宝铺子，更有一个古玩地铺广场，卖的东西，葫芦甚多，大大小小，有些还是一连串，好玩得紧。更多买卖是核桃核，这两颗拿在手上把玩的东西，想不到还能玩出火来，最贵的价钱令人咋舌，中国人更拿手的是为物品取名，把核桃核叫为"猴头""四座楼""官帽"等等。

到处询问有没有古董手杖，见到的都是次货，老头子笑说："你手上那根已经够好了。"

又回到书法展现场去，在青岛的时间不多，尽量在展场中出现，与前来参观的人交谈，展出之前在网上发了照片，已有多人打电话订购，加上在现场卖的，销了不少。

最多人买的是那幅"带雨有时种竹，关门无事锄花，拈笔闲删旧句,汲泉几试新茶"。写了又写,卖了又卖。放在馆中央的"只恐夜深花睡去"也给广州的一位爱好者打电话来买去。还有多人订购"好吃""好味"等,我想一定是食肆老板买的;如果要题上餐厅名得加钱,单单这两字就便宜了,他们算得很精,不过各位看到没有上款的千万别以为是我在赞扬味道好。

中午去一家叫"怡情楼"的,由两姊妹所创的品牌,已有二十五年历史,算是站得很稳的了。

吃了一道非常特别的菜叫"海蜇里子炒胶州白菜",所谓里子就是内层,像个西装,外面绵质,内层丝质的就是里子。要把海蜇的内层剥出来极为不易,它是海蜇最好吃的部分,清脆爽口,吃起来有点猪肉的味道,故亦称"海里的瘦肉",炖了白菜呈乳白,色香味俱佳。

"怡情热猪手"是店里做了二十多年的看家菜,我每遇到猪手猪脚,必问厨师怎么去掉磨砂似的细毛,这家人老实,在说明书上已经表明用火枪去烧,再以刀刮干净处理。借鉴了日式猪手的做法,用"万"字酱油和米酒,加冰糖文火炖了三个半小时而成,至于为何用"万"字酱油则没说清楚,原来日本酱油煮久也不变酸。

店里还有些海鲜,像"鸡油蒸本地刀鱼",都是蒸得过火,已失鲜味。

"烟熏牛小排"用中式方法烹制牛肉,融入西班牙分子料理的果树木屑烟熏法制作,不中不西,我只看样子就不想举筷。

菜上完后,我还听到他们家的虾酱做得好,即刻请师傅来一道,用鸡蛋蒸出，果然非常美味，一定会受外地客人欢迎。

末了，吃"沾化冬枣"，这种枣个头巨大，有各种颜色，吃进口爽脆到极点，鲜甜到极点，和一般市面上卖的相差个数千里。沾化冬枣栽种历史悠久，百姓自古就有"房前屋后三棵枣"的说法，果然厉害，比鲁迅家多了一棵。

"青州蜜桃"也好吃，外表奇丑，但到了十月十一月还生长，味极甜，与夏天的水蜜桃有得比。

在店里吃到了最甜的"甜心烤烟薯"，选用烟台昆仑山的红薯，如果你不相信甜似蜜这句话，你去他们家试了就知道我说得没错！

本来是一餐很完美的饭，两姊妹招待得也好，可惜在厨子滔滔不绝地从头到尾，不管你爱不爱听地讲解，像一部重复又重复的残片旁白，又随时抛出陈晓卿也来吃过的"书包"。

晚上孟鸣飞兄宴客，请在香格里拉的"香宫"，又有王家新兄作陪，菜没什么可谈，王家新兄是一位书法家，大家的共同语言蛮多，相谈甚欢。

返港之前，去了"青岛大学"做一场演讲，我每到一处，要是当地学府肯邀请，我必欣然前往，和年轻人交换意见，是我最喜欢的。

演讲完毕被学生发问，有一位刚和女友分手，问我怎么办，我说失去一个，也许换回更好的，不是悲哀的终结，是欢乐的开始，这个答案他似乎很满意。

说回腌生螃蟹，莱州的真的有那么好吃吗？好吃的水平又是什么？其实一切都是比较出来，各地都有生腌蟹的吃法，浙江人的酱蟹也不弱，胜在大闸蟹的膏，奇香无比。韩国人用酱油来生腌，膏虽比不上大闸蟹的，但酱得出色，极为鲜美，一试难忘。我家乡的生腌，用盐水和酱油各一半腌上半天，吃时斩件，撒甜花生末，淋白醋。那是妈妈做的，我带着感情吃，当然美味，其他省份的人试了，不一定赞好。莱州腌生蟹吃的是山东朋友的热情，如果你叫我再来，我会的。

时光咕嘟,心事随便说

有二三好友不易,有话题,有酒喝,无事常相见,便是人们爱吃下酒菜的真意。

白靴

看邓达智写方盈，当年已梳个 Bob 头，穿迷你裙，戴方格图案饰物，是众星中最 Modern 的时装 Icon。文中未提及的是那对长靴，当今女子通街都穿，但见到方盈的白靴，在一九六六年。

邵氏要拍一部叫《飞天女郎》的片子，讲马戏班的故事，我当制片在日本找到了"木下马戏团"，他们正在东京的千叶表演。

男主角岳华事先抵达，我们一见如故，谈音乐、文学等都能合拍。入住的是千叶市的一家小酒馆，聊到半夜，没东西下酒，把买来当早餐的黄色酱黄瓜用啤酒瓶盖锯开，就那么吃将起来。

"方盈什么时候来？"岳华问。

"本来应该今天到的，不知怎么还没看到人。"

"不要紧吧？没人去接她吗？"

"香港的汪晓嵩会陪她来，方盈很独立，听同事沈彬说，前年参加京都影展，也是一个人去的。路上乘错车，好辛苦找到酒店，看到了邹文怀，才哭了起来，当年她不过十七岁。"我说。

已经是深夜三点了,忽然,听到外面有碰撞的声音,乡下旅馆的职员全睡了,岳华和我走下楼去看。

有人把大门的铁闸踢了又踢,又大喊开门呀,开门呀,打开一看,不是方盈是谁?

原来汪晓嵩有部新戏开镜不能和方盈一齐来,只剩下她一个。当年的机场在羽田,而千叶是个不毛之地,路程遥远,方盈自己找车子,有了上次的经验,一点也不怕。

走进房间,衣服也不脱,倒在床上说睡即睡。翌日一早开工,还是昨晚那件。我们走出门,看到铁闸凹了进去,是给方盈踢坏的。

数十年后方盈当电影的美术指导,我们重逢,谈到此事,大笑一番。当今想起,她那双白靴,表皮一点也没受损,质地应该很好,是名牌货吧?

杨逸丰作品

到番禺试菜，顺道去佛山走一遭，探望一位小朋友，看看他的新作。

接触杨逸丰，是从他的十二生肖开始，吸引我的是猴子的造型。

"为什么你的猴子，不像猴子，而像一只大猩猩？"我问。

他回答得直接："从小，我觉得猴子的形象像人。所以做出来的猴子比较像猩猩。我的动物，都像人；不像人的，我做不出。"

再看他做的鸡，瞪着大眼睛，也的确像人。一片片的羽毛，都是亲自捏塑之后排列上去，一丝不苟，抽象之中带着写实的基本，盎然生趣，喜欢得不得了。鸡的大小不一，连最小的迷你版，也是同样把羽毛细心地镶进尾部再烧出来的。

工作室中灯光不足，地方简陋，年轻的太太抱着穿肚兜的婴儿正在烧菜，当然没有自己的书。

"上次因为家人住院，连租窑的租金也差点付不起。"他淡淡地笑，没有苦涩。

"卖多一点你的作品，就够钱请个助手，多生产一些。"我建议。

他又笑了："我爱亲手搓到泥沙的感觉，这是一种享受，不分给别人。"

"一乐也"中，他的陶艺最受客人喜爱，可惜存货不多，有客人要求，只有请他尽量赶出来。

"你要的财神做好了。"他说。

最初以为他只做动物，不会塑这些带有铜臭的造型，当今一看，这人物着实可爱，先用泥塑做出一个矮矮胖胖的人物，再用瓷器制作出露着一排洁白的牙齿，举起大拇指，一点俗气味道也没有，但像动物多过像人，作品愈来愈进步，愈来愈成熟。

看着这尊财神，我多希望它抱着的元宝，是属于艺术家的。

"一乐也"开在中环惠灵顿街十七号，香港商业大厦三楼，就在"镛记"对面，很容易找到，如果你也想有个杨逸丰的作品的话。

布景师

从前，拍电影的工作没分得那么细，几个头头集中在一起，各有手下，就完成一部戏了。在电影的黄金时代，拍什么卖什么，注重的只是产量足不足罢了。

在这种情形之下，我被大机构派到台湾，在那里监制多部古装武侠片，来补香港片源的不足。

戏多数在片厂里摄制，第一件事就是要搭布景，这分两个部分，先由美术师画一张平面图和一幅透视图，前者多数的导演看不懂；后者看了，有一个概念，知道从镜头中望出去会是怎么一个样子，批准了，导演就在这张图上签个名。

这一签，事可大可小。有些调皮捣蛋的美术师，叫人搭出来的东西没有角度拍到全景，导演可抓破头皮，要求拆掉的话又要花钱，会给老板骂的。

将美术师画出来的图搭出屋宇或寺庙来的人，叫布景师，也不一定看得懂平面图，有些是全凭经验和感觉的。

陈孝贵就是那么一个。最初由制片介绍给我认识，我还怀疑这个人到底是不是干电影这一行的。

他有一张扁平的圆脸，短头发，鼻子和脸贴在一起，只见两个洞。眼睛有一只是瞎的，据说此君从前当"啰嘛"，是闽南语里"黑社会分子"的意思。打架时，被对方击破了眼膜，当年没有激光缝补手术，医不好。

咧嘴一笑，有两颗金门牙。陈孝贵的可贵，就是他那副笑容，天真无邪，令人一下子信任了他。

我把平面图给他做预算，他交给助手，但打出来的价钱比别人便宜。

"十天完成行了吗？"我问。

"一个礼拜就行了。"他自信地说。

是一个山洞的布景，里面还有所谓的机关，复杂得很。翌日，看到陈孝贵率领了二三十人，抬着一叠叠的铁皮，就是香港人拿来搭临时屋子的那种。片厂建于山上，厂棚外有很多大岩石。陈孝贵一下令，工人们把铁皮铺在石上，用脚践踏，印出模样。有的工人则以木棍敲打出皱纹。拼合起来，钉在木架上，一个山洞就出现了。

接下来的那几天，铁皮夹缝涂石膏填得不露痕迹，再上油漆，然后加青苔。从天台上架了水管，让山洞到处滴水，就和真的一模一样。机关也搭好了，是两排布满尖刺的钢齿，女主角踩了进去，坏人用来夹死她，镜头前的钢齿是真的，磨得尖锐，可以示范来插烂西瓜，中间的钢齿是木头油漆，女主角身边的是胶制，以防万一。

陈孝贵处处为导演和摄影师着想,如今看来,他做了美术指导的一大部分工作。我对成绩十分满意,付了支票。

转身,陈孝贵用树胶圈捆住一大沓现款塞在我手里。

"干什么?"我怒视。我知道这一收,今后谁不给我都会生气,是一个无底的深渊。

我把钞票扔在他脸上,陈孝贵只会咧着嘴笑:"我接触过的人都拿钱,除了你,你可以做我的朋友。"

从此,我们真的成为朋友,已经用名字叫他,不带姓了。孝贵是福州人,讲起闽南语来嘶嘶沙沙,作嘴含口水状,是福州话的特征。他带我去吃地道的福州菜,由福州人开的,那一道海蜇头、腰花、油炸鬼用糖醋来炒的菜,至今念念不忘。福州饮食文化中,还有用小小的绳笼,装入生米,再放入锅中炊熟的白饭,这些料理,都已失传。

海鲜的话,孝贵认识圆环一家店的老板,在阁楼中弄给我们吃,像个密室。每次有客人到台北,我都在那里宴客,大家给气氛感染,都说好吃得不得了。

戏不能老在厂棚中,有的需要在外景拍,像瀑布下的小茅庐,或竹林中的酒家等。孝贵与我,为了省钱,租一辆四条轮胎已经光滑的的士,跑遍全台湾看外景。

拍电影的人真幸福,只选最佳景色观赏,我们到了新竹、苗栗、台中、南投、台南、高雄、屏东、台东、花莲、宜兰直到最南端的垦丁。中间经过许多山崖断谷,天雨路滑,车子差点掉进去,但年轻嘛,怎会怕死?

孝贵在车上不断咬槟榔,我也染上了这个习惯。在各个乡下,有时遇到节日,各家各户拉过路人吃饭,客愈多生意愈兴旺,我们到处白吃白喝,不亦乐乎。

回到台北,刚过水灾,我住的酒店水涨到二楼,没东西吃。正发愁,见孝贵划着小艇,除了食物,还载个女子。他有时手头紧,我也调款给他,反正是迟早要付的布景费。我们两人,可以谈得上是莫逆之交了。

忽然,一天,回到办公室,我给四个大汉包围住,原来是当地电影界说我破坏规矩,找我来教训教训。惊慌时,看到孝贵,像遇救星。

哪知孝贵只站在一边看,不插手,不理对方对我的恐吓。我一见情势不对,抓了桌椅向大汉们扔去,然后逃之夭夭。

我终于明白,我在台湾,只是一个过客。电影要继续拍下去,生意还是要照做,就算我走后。

再见到孝贵时,他要向我道歉,这次轮到我咧开嘴笑,拍拍他的肩,当成没有发生过这回事。

在台湾一共住了两年,我被调回香港,从此没有孝贵的音讯,向电影界的老朋友打听,他们说孝贵赚了很多钱,买了多间房屋。我默默为他祝福时,又听到说投资失败,老婆也跑了,后来我们就一直没联络。

今天组织旅行团到了台湾,没他的地址,也不知道怎么找,只有写这篇文章,怀念一番。

胡师傅

监制的电影之中，曾经亲自参与服装设计的也不少。很久之前，张曾泽导演的《吉祥赌坊》是其中之一。

当年卖中国丝绸的地方不多，到油麻地的"裕华百货"，去挑，替女主角何璃璃选了十多件民初装，根据衣样的三种花纹的颜色，绲上三条衬色的边，非常好看。

男主角岳华的长衫，大胆地用西装料，中国丝绸太薄，容易皱，用了西装料，长衫笔挺，加在颈项上的那条围巾，也做得特别长，以配岳华五呎十一吋[①]的身高。

料子买完后便去找高手胡师傅，他是当年最好的上海裁缝，两人研究了半天，又半天，再半天。

胡师傅处，存有种种的粗边料子，上面的刺绣手工，已非近人有能耐做到的。但太阔的绲边会影响整件衣服的色调，本来衬布景的颜

---

① 吋：英寸的简写。1 吋 = 2.54 厘米。

色,弄得不调和,便显得整件衣服不安详了。又有些服装是用来拍动作戏的,也需胡师傅放阔肩宽和裤裆。大致的设计完成后,胡师傅开始替演员量身。

这一量,可量得真仔细。

身长前,身长后。前胸,背长。前小腰,后小腰。前中腰,后中腰。前下腰,后下腰。下摆。开叉。肩宽。挂肩。袖长。袖口。领口宽。领前高,领后高。胸扎。裤长。腰围。直裆。横裆。脚管。

一量要量二十五个部位,才算略有准则。当然,初步完成后还要穿在演员身上,做精密的修改。

当年这部片子大卖钱,许多东南亚的观众特地跑来香港做衣服,要求和何璃璃穿得一模一样。

和胡师傅失去联络已久,是因为听到同行说他已经不做,再也找不到他了。

一次在油麻地找一间炖奶店试食,偶然碰到他,大喜。

"你还在替人家做旗袍吗?"我问。

"当然。每年香港小姐穿的,还是我做。"胡师傅人矮,又清瘦,说话小小声。粤语这么多年来还是不准,我们用普通话交谈。他还是那么不苟言笑。

"为什么人家告诉我你退休了?"

"我们这一行生意越来越坏,能传说少一个师傅,就少一个师傅吧。"胡师傅不在乎地说。

这些同行真可恨。

我们边走边谈，回到他在油麻地宝灵街六号的老店，楼梯口旁的水果摊，还是由那位老太太经营。认出是我，高兴地打招呼。

走上二楼，胡师傅的老助手来开门，这间狭窄的小房间中，他们一手一脚创造出许多杰作来。

"还记得我们合作的《吉祥赌坊》吗？"我问。

"怎么不记得。"胡师傅兴奋了起来。

"那部片子带来不少生意吧？"

"不，不。"胡师傅一口气说，"人家以为是在裕华做的，都跑到他们那里去，给他们赚饱了。我为什么知道？是因为有些客人的要求刁钻，裕华做不了，还是拿回来给我完成。"

"现在呢？做一件旗袍要多少钱？"我单刀直入问。

"要四千多一点，连工带料。"

二十年前已是一千多一件，其他东西已贵了十倍二十倍，胡师傅这里只多了三千，算是合理的了。而且，一件旗袍，只要身材不变，是穿一生一世的。

看见架上有几套唐装衫裤。

"怎么那么小？"我问，"是什么人穿的？"

"说出来你也知道。"胡师傅说，"她就喜欢穿男装，每年总得来做几套。"

记起来了，当年曾经在店里看到这位女扮男装的老人家。来胡师傅这里的客人，不乏江湖中许多响当当的人物。

"喂，胡师傅，你有没有替张爱玲做过衣服？"

他正经道："张爱玲在香港住的时候还是学生，哪里有钱来找我？她照片上的几件唐装，有的还不错，有的像寿衣。

"如果经我手，我一定劝她用花一点的料子，看起来便不那么碍眼。"

"林黛呢？你做过吧？"

"做过。"胡师傅回忆，"林黛的腿其实很短，穿起开叉旗袍并不好看；但是衫裤的话，穿上一对加底的绣鞋，人就高了。她腰细，可吸引人。"

"你替我做的那件长袍，我现在在冬天还穿着到外国去呢！"我说，"一点也没走样。"

"中国人的设计最适用了，长袍的叉开在右边，不像西式大衣开中间。开中间，风就透进来了。"

胡师傅说的，我完全同意。

"这么多漂亮女人，全给你看过，我真羡慕你。"我向胡师傅开玩笑。

"你也见过不少呀。"他说。

"是的，但是比不上你。我干看。你一见面，就拿软尺替人量胸，还是你着数。"我饶舌。

胡师傅笑了，笑得开心。

为何老师作序

这个何老师，叫何嘉丽，香港电台做过《三个小神仙》节目的那位，又唱过《夜温柔》一曲。

多年前，当她兼职行政时，邀请我去念一篇散文。我有自知之明，粤语不行，死都不肯，结果由韦家晴来读，效果当然好得多，我只是在他念完后讲一两句罢了。

可是那一两句，就要了我的命，来港那么久，广东话还是糟透，套句粤语批评，是"一"，不知说些什么。

何嘉丽一字字耐心教导，我像婴儿牙语，从头学起，她并指出了我的致命伤。

原来照普通说话的速度，透过电波，听起来会慢了一点。本来说话已经慢的我，缺点更被扩大。被何嘉丽纠正，我尽快说话，不管对方听不听得懂，后来才愈讲愈清楚。

这时候，何嘉丽大胆聘请我、文隽和她三个人主持一个叫《最紧要好玩》的深夜节目，内容谈电影和回答听众的爱情苦恼。

节目非常成功。有了这个基础，我后来才够勇气做电视节目，《今夜不设防》也是当年孕育出来的。

这一切都拜何嘉丽赐，虽然她比我小几十岁，我一直在人前人后骄傲地说："何嘉丽是我的粤语老师。"

当然，广东话发音还是不准时，也可以把责任推了给她。

何老师离开了香港电台后，有很多唱片公司找她当主管，但她没在娱乐界发展，选择了生活稳定的大机构行政工作。我们再也听不到她那娇柔又标准的粤语。

其他行业，说什么也不及娱乐界多姿多采，但何老师安分守己地把工作做好，内心的波荡，用散文来抒发。

文章像和她聊天那么有趣味，又富幽默，可读性极高。现在聚集成书，要我作序，即刻动笔，答谢何老师。

为周师傅作序

见过周忠师傅的人，以后一眼就会认得出是他。最令人难忘的是那两道眉毛，又粗又浓，长得垂下，不只是末端，而是整道眉都如此。女人的眼睫毛向上翘，和周师傅的眉相反。

认识周师傅，早在二十多年前，后来在尖沙咀凯悦酒店的凯悦轩，接触更多。他很聪明，一早就知道外国客人，不习惯中餐共食的习惯，就把菜一碟碟分好上桌，后来很多餐厅纷纷抄袭，始祖应该是他。

像一个冬瓜盅，本来客人自取还说得过去，趁热嘛。一经侍者来分已凉掉，周师傅干脆把大冬瓜改为小木瓜，一人一个。木瓜名字不好听，改为万寿果。里面的配料和冬瓜盅一样，豪华起来，加上几块海胆，又能替餐厅多赚一点钱。

那时候的凯悦，行政由一位老先生管理，他很明白餐厅是辅助酒店的服务，并非作暴利场所。所以，他让厨师们自由发挥，多下食材，也不会干涉。

这一来周师傅可以大玩特玩，发掘不少在中餐中罕见的食材，找了一种迷你鸭子，用禾花雀的做法红烧，又特别又美味。自从周师傅离开了凯悦，这道菜再也没法吃到了。

　　一生在厨房中打滚的周师傅，不懂得人情世故，有什么说什么，在当今虚伪的社会中，变成天真无邪，非常可爱。

　　这也解释他在《美女厨房》中，为什么会出现那么多创意，其实都是他不想过就冲出口的直感，没有一个编剧家可以做得出的。

　　做菜时，他又准又狠，参加了"铁人料理"的竞赛，不必等最后一分钟，做好了就收手，对方手忙脚乱，他已轻松地摆出"尽管来试吃"的表情。

　　一门手艺，要是没有接班人的话，很容易失传，周师傅没有弟子，留下这一本烹调手册，让有兴趣研究厨艺的人当教材，这很难得，推荐你去买。

为了一粒杧果

友人徐胜鹤拿了一本我谈旅行的书，要我签名送给一个日本女人。

"干什么的？"我问。

胜鹤兄说："是一个从前在免税店做事的朋友，也当过我公司的导游。三十年前，她从横滨乘船出国，当年有两条法国邮轮：越南号和柬埔寨号，穿梭东南亚。"

"我记得。"我说，"我也是从香港乘越南号经神户到东京的。"

"她反方向地从日本出发，本来准备经新加坡、西贡再到法国马赛的。船到了香港，停在海运码头三天，她下船到弥敦道上的金冠酒楼去吃了一顿饭，即刻对中国的美食发生兴趣。饭后散步到加连威老道的水果摊，看到一粒大杧果，从来没有见过，掏出一堆钞票给卖水果的阿婆选出几张。阿婆见她信得过人，教她怎么剥皮吃杧果。这一下子可好，她大喊天下竟有如此的美味！就么弃船，连法国也不去了，住在香港，一住就住了三十年。"胜鹤兄一口气地把整件事告诉我。

对这个女人大感兴趣，请胜鹤兄约她星期五在尖东的东海酒楼饮茶。

一位端庄贤淑的太太准时出现，自我介绍后坐下。

我开门见山问："三十年前日本人出国的并不多，你怎么会单身去旅行的？"

"为了失恋。"她斩钉截铁回答得清清楚楚，"我爱了他那么多年，怎么想到他拒绝了我，真是一个很大的冲击。"

"为什么选择法国？"

"当年日本人都羡慕法国人的浪漫，一提到旅行，第一个想到的就是巴黎。"她解释。

食物开始上桌，我请客，叫了很多东西，当然有虾饺、烧卖、排骨、腊味饭和例汤等等。

见她将凤爪细嚼，鸭舌头也吃得津津有味。看人家吃饭，真开心。

"在日本哪有这么多东西吃？"她说，"一个面豉汤，下点豆腐或者蚬仔，已经算是很丰富的了，我到现在还是不明白他们为什么把面豉汤当宝。"

"自己会做菜吗？"我问。

"岂止做菜，我还会煲汤呢。"她自豪地说，"用响螺头，煲杞子、淮山，加只老鸡，不知道多甜！那些汤渣我本来都吃光的，但是我老公家人说只要喝汤就行，响螺头肉切成小片拿去喂猫，多可惜！"

"你很例外,有些日本人什么都不敢吃,鸡脚鸭舌,他们认为是下等物。"我说。

"那是因为他们又穷又自卑。"她说,"人一穷,只吃几样东西,其他的没机会试,当然不敢吃。不敢吃,就轻视吃的人,那是自卑感变成自大狂。"

"你多吃点。"我夹菜给她。

"日本男人哪肯这么做。"她道谢后说,"女人也好不到哪里,省吃俭用,买皮包就一点也不孤寒,不是 Chanel 就是 LV,门面功夫做得十足。"

"最近有没有回去过?"

"上几个月去了一趟,也没有听到亲戚朋友们提起吃一顿便饭。谁稀罕吃那些吃来吃去都是那几样东西的日本菜呢?"她愈讲愈生气,"我住了三天就想回来,到最后还是我老公劝我多留一个礼拜。"

"什么国家,都有一些好人,一些坏人吧?"我说。"是的,也有一些好人,不过一般都很假。拼命鞠躬,都不是出自真心真意。"日本人说日本坏话,说个不停,真是个活宝。

"先生呢?"我问,"是广东人?"

"唔,当然不嫁日本人。"她说,"其实也不是正式的老公,同居罢了,单身女人来到香港,要留下也不容易,后来经朋友介绍,和一个香港人假结婚,离婚手续办了三年,烦都烦死我了,还结什么婚呢?现在的这个男人有子女,我当他们自己生的,还帮忙抱孙呢。"

"几十年一下子过,真快。"我也感叹。

"真快。"她说,"想到那粒杧果,像昨天的事,金冠酒楼的菜真不错,现在的厨房做不出了。那家餐厅还铺了地毯。日本平民化地方哪里有那么好的装修。还有经过海防道,当年有一排排的大排档,看到客人坐在长凳上的小椅上,怎么不会跌下来?我也挤上去吃。苦力们看到一个年轻女人肯和他们一齐吃,也都来和我聊天,那种感觉,真好。"

看现在的样子,可见当年也是一大美人。我问:"人生走了这么一大段路,最好的是什么?"

"最好的肯定是旅行。"她回答,"我最爱看的就是你的旅行节目。"

"那个抛弃你的男人,还有没有见过?"我问。

她笑了:"来了香港几年后,我专程回日本一遭,约他出来喝杯咖啡,我看到他的领带打的结上面有油渍,他穿的鞋子,鞋跟磨掉了一边。我高兴得叫了出来,我好在没有嫁给他!要是我不出来旅行,我永远看不出他的缺点,也永远看不到自己的缺点,你说旅行多好!"

完美

过一阵子又要带团到墨尔本,事前已打电话给老朋友 Gilbert Lau 刘华铿,订好位。

墨尔本有三大食肆:吃牛扒的 Vlado's、越南河的勇记,还有中国餐厅万寿宫,刘华铿是它的前主人。

听到刘华铿已来了香港,即约他吃早餐,去上环的生记吃粥。这种地方,在澳大利亚是找不到的。

刘华铿把餐单交给了我:四小碟、醉鸽、怀旧脆皮烧肉、熏鸭胸、卤水花菇。前菜有龙虾刺身,接着是鲜蚝四式:生吃、烟肉炸、蒸、焗[①]。

皇帝蟹当道,少不了。龙虾汤、原只青边鲍鱼、大蒜炒嫩羊肉、姜汁芥兰、蒸鱼、红豆沙、时果拼盘等等十五道菜。

也许这些菜式在香港也能吃到,但是刘华铿总在菜市场中找到最新鲜最合季节的食材,把它们变为中菜。最难得的是那么多年来,从

---

① 焗:熏。

不失水平。

澳大利亚客当然惊为天人，得过无数的奖状，就算嘴最尖的中国旅客，大家坐下来交换意见，都一致认为万寿宫是海外最佳中国菜馆，这不是偶然的。

别来无恙，刘华铿有点胖了，人还是那么精神。他已退休，把餐厅股份全部卖给员工，虽被他们挽留下来，当一顾问，但一到餐厅，就走不开，站个整晚。

"体力到底有限，"刘华铿说，"人生总得知道什么时候谢幕。你是老朋友了，听到你们要来，还是得亲自招呼。"

就算刘华铿人不在餐厅，万寿宫的精神还是永存的。他训练出来的人才，确定这家老店最高的声誉和最完美的服务。

以下一段对话，也许可以给开餐厅的人借镜，让他们知道什么是服务的定义。

"万寿宫的位子，都要早两三个月前订好，你怎么应付临时来的客人？不接受？"

"人家老远地来到墨尔本，又肯来我们的餐厅，怎么可能全不接受？多一个客，多一份生意。"

"要是爆满了呢？"

"不会爆满的，万寿宫一共分两层，楼下是接待客人的地方，货仓、海鲜水箱和侍者更衣室，不坐客。楼上一共也有七千五百呎，两千五厨房，五千楼面，扣掉酒吧，我们只接待一百六十位客人，总可以空出一些座位。"

"你还没有回答我,怎么应付临时来的客人?"

"先在楼下,说对不起,已经客满,要是他们说专程来,或认识某某人,像你一些朋友,一提到你的名字,我们都尽可能让他们上楼。"

"怎么安排座位?"

"多开一张桌子,你记得大厅中那张放花的吗?把花拿走,就能坐人。问题出在其他客人会认为太过拥挤,我就要向他们说多多得罪,请他们原谅。遇到你的好友,像上次张敏仪忽然来,我就安排她坐下,老朋友不可以得罪,可以得罪其他客人。"

"张敏仪说,那天晚上她们两个人,也可以吃到十几种菜,你怎么临时做的?"

"这种情形,我们叫为单响炮菜单,把炒给别人吃的菜,每份加多一点点,每道菜都会拿一点点给临时来的客人吃,不就有十几道了吗?"

"有人说这是胡来。"

"不是胡来,是随机应变。"

"这种做法很好,我在香港餐厅,有时看到侍者为两位客人点菜,来了一个十个人吃的大冷盘,真是折堕[①]。"

---

① 折堕:折磨。

"可不是吗？每一个客人都是重要的财产，他们来过一次，可能带家人和朋友再来，加起来就是一大笔钱，绝对不能疏忽。这和日本人做生意的态度一样，他们尊称人家为样，说客样，是神样。"

"要是有喝醉闹事的呢？"

"我们不会当面指责，总是找和他一起来的朋友商量，请他们替我们安抚醉客。"

"但是如果骚扰到别旁桌子的客人呢？"

"只有拼命道歉，客人都会明白不是我们的错，但是看到他们还是愤怒的话，埋单时，侍者会说那张单餐厅经理已经替你们代签了。"

"遇到订好位，不来的呢？"

"我们通常会等半小时，三十分钟后不来，再等多十分钟，已经超过四十分钟，就算他们才来，也只有等到别人吃好了才坐下，也不会埋怨。"

"不能打手机提醒吗？"

"人家会把你的提醒当成催促，绝对不可以那么做。而且，也许他们不开机呢。"

"遇到食评家怎么相待？"

"著名的食评家，多数已成为朋友。"

"明查暗访，不认识的呢？"

"无从对付。"刘华铿笑说，"不过，我们当每一个客人，都是食评家。"

我也笑了。再问万寿宫前主人刘华铿说："食材要占营业额的多少巴仙？"

"三十几个。我们对选材是不惜工本的，要好就要贵，没话说。"

"那么人工呢？"

"也要三十几个巴仙。先由门口的知客带进来，侍者再招呼，每个侍者看两至三台客，他们的小费，全归侍者，公司是不分的。侍者招呼过，轮到经理来替客人点菜。总厨间中出来和客人谈几句。最后才由我登场。"

"你和经理都没有分到小费的？"

"没有，所以经理的花红特别高，分不到小费的侍者，公司也要补贴。虽然说是什么凝聚力、归属感，但是现实归现实，我们的员工很少被人挖得走的。"

"加起屋租的三十几个巴仙，不是没得赚？"

"我们搬到巷子里开餐厅，就是因为租金便宜，当年租给人家做仓库也没人要，我们和屋主订了一张二十年的合同，每年加一点罢了，屋租只有总营业额的五个巴仙。"

"纯利呢？"

"能够维持在十二个巴仙，已经很满意了。"

"生意好，十二个巴仙也不是小数目呀。"

"可不是吗？我们没有忙与不忙的。人都要吃饭，怎么忙也要吃饭的，要是你做得成功的话，没有平日与周末的分别。但是也要记得，一定给客人一个没有暴利的印象。做生意不可以被人看出店方着数。占便宜的，永远是客人。"

"会不会主动地向客人讲话？"

"客人不叫，绝对不能主动。要做到冷眼旁观的层次。要给客人空间，不准和他们闲聊。看到桌上有食物，更不准走近餐桌。"

"等到客人喝茶或咖啡的时候呢？"

"也尽量不去干扰。一和他们交谈，话题总要围绕自己，他们一家人和一些朋友同来，为什么要听我们说话？碍着不走的老板和侍者，是最低级的老板和侍者。"

"客人主动地问长问短呢？"

"要很礼貌回答，但是我也限制侍者，不准超过两三分钟。其实侍者也很看重自己的生活空间，我们叫为 Me Time。一天从早忙到晚，Me Time 很少，就算客人说来一杯，也要很客气拒绝。"

"有没有例外？"

"例外的是看到客人很寂寞，很需要伴侣，这又不同，但是我们一年之中，也只有一两次搬张椅子过来和客人坐下的。今年二〇〇六年了，也许有人认为人类平等，大家都可以交个朋友，但是我们永远有主仆之分，客人是主，我们是仆。"

"这才对呀，最讨厌就是那种一屁股坐下来，滔滔不绝唠唠叨叨的经理或老板。看见他们就不开胃。"

"干餐厅的，基本上，应该是一些个性开朗的人才干得了。餐馆是一个很开心的地方,人家生日、喜宴、老友相聚、生意谈得成,都是开心的事。看到客人肯来光顾,已经值得开心。客人看到我们开心,也开心。"

"我在国外遇到一些侍者,不断地走来换碗碟,腋下那个味道,就让我不开心。"

"哈,我们的侍者之中,也有些有这种毛病,客人忍受不了,向我投诉。我早就一直提醒他们注意清洁和气味,但有时也走了眼,只好向他们说:不如出去散步,买支止汗膏回来。千万不可以叫他们换桌子,不然味觉又污染到别的地方去。"

"你们会不会打电话给订座的客人,事前提醒他们一定要来?"

"客人之中有很多大头虾,说了星期六,也记不得哪个星期六,绝对要提醒,但也绝对忌讳说一定要来。只能说:这个星期有您的订座,不知道我们有没有听错,确定一下罢了。"

"如果客人忘记了呢?"

"说绝对没有问题,骨碌一声吞下,位子空就让它空吧!"

"这是胸襟呀!你的接班人,有没有这种胸襟?"

"都是我一手一脚带出来的,我没看错人。"

"魄力呢?"

"应该差一点吧?"

"什么时候,才和你一模一样呢?"

"我最近很喜欢听蔡琴的歌。"万寿宫的前主人刘华铿说到别处去了。

"和蔡琴又有什么关系?"

"蔡琴的歌,愈听愈有味道。这是年轻时候的她所没有的。做餐厅这一行,和唱歌一样,也都是累积了人生经验,才有可能接近完美,才会被人欣赏。"

"这几十年,得到的结论是什么?"

刘华铿微笑说:"开一间好餐厅,并不很赚钱,但肯定是很快乐的事。"

万寿宫主人

墨尔本的中国餐厅，生意做得最成功的，是一家叫"万寿宫"，英文叫 Flower Drum 的馆子。

门口很小，乘电梯到二楼，别有洞天，宽阔的大厅，还有新人宴客房数间，全部近万英尺。

布置朴实，并不花巧，没有尽量讨好洋人的味道。

食物也一样不折衷，保持粤菜特色，价钱算是全城最贵之一。顾客以洋人居多，都是大机构的宴会，签单吃公账的。中间的长期客人，吃完回头的也不少。

好餐厅主要条件是保持水平，才能一做数十年，而质量的控制，全靠长期驻守的老板本人。

英文名叫 Gilbert 的刘华铿先生，在洋人社会上也是位响当当的人物。

刘先生今年约五十岁吧，永远保持笑容，双手握着，弯着身，侧着耳朵，听客人的吩咐。到"万寿宫"去，遇到刘先生本人，准有一流的服务。

厨房用十几位师傅，楼面二三十人。一家餐厅，由碗碟筷子，到水槽中有多少条鱼，刘先生一清二楚，进货自己一手包办，从豆芽到酒水。

"但是，"我说，"这很黐身①的呀！做餐厅的毛病，就是走不开，我一些好朋友都是开餐厅的，叫他们出国旅行，他们总是'走不开，走不开'地叫。"

"一定要走开。"刘先生说，"整天对着同一班同事，你不嫌烦，人家也觉得你讨厌。"

"一放手水平会不会差了？"

"会的，"他说，"总是些小问题，不关重要的投诉。我虽然说要走开，但是我得补充，走只能一次走一个月，便一定不会出大毛病。"

"一年只得一个月假期，像你这么喜欢旅行的人也不够呀！"我说。

刘先生笑着说："我每年要出门三个月的，但可以分三次走呀。每四个月出去一次，够了。平时每样东西都要盯得紧，一出门，什么都不管，电话也不打一个，不然等于留下来。将事情交给人家去做，就让他担当，有什么差错由他去负责，这才叫放得下来。但是，要是玩得高兴，一去一年半载，那就糟糕了。这世界很公平，你不付出劳

---

① 黐身：黏人，缠人。

力，只用金钱开店，人家做个半死，也只是一份薪水，那么你想想，他们会不会为你拼命呢？"

"你会一直做下去吗？"我问。

"我很享受做餐厅的工作。"刘先生回答，"我认识了不少好朋友，除了客人、卖货的，我也请他们坐下吃饭喝酒聊天。但是你要保持一个永远对他们货品不满足的态度，你自己要一直寻求质量更高、价钱更便宜的对象。一满足，懒性跟着来，迟早又要出毛病。"

刘先生三句不离本行。但我认为却是宝贵的意见，因为我对经营餐厅的兴趣也极为浓厚。

"有些朋友开了馆子，进货时大师傅打斧头，一斤肉炒少了几道菜，赚得不少。要抓又抓不到证据，生气也没办法。"我说。

"起因都是自己不在现场。"他说，"亲自监督，长年做下来，什么都熟了，怎会出漏子？我也明白有些人要做很多其他事，不能老泡在餐厅里，但也可以做一个报告呀。一天进多少货，青菜水果肉类，一项一项清楚列下来，能够炒多少碟菜？可以赚多少钱？都会成为惯例的。再把货品和不同的菜市比较一下，大师傅什么手脚都做不出。"

"酒水呢？"

"也是同一个道理呀。不过在标价上有点学问。"

"什么学问？"

"就是永远不要让客人认为你赚他们太多钱。"

"那么什么标法？"

"比方说一瓶红酒,外面卖十块钱,大多数人都想赚一倍以上,就标二十块,客人一定'哗'的一声叫出来。我的纯利一向只叫七八十巴仙,外面卖十块,我卖十四块,客人认为这也是应该的。但是我大量进货时有折扣,卖十四块,已达到我的纯利的目的。"他解释。

"你打算一直做下去吗?"

"也会有退休的一天。"

"那么把店铺卖了?"

"就算卖掉,水平不像从前,也对不起一直支持我们的常客。"他有点唏嘘。

"到退休一天就把铺子关了?"

"也不至于到这地步。"刘先生说,"我可以逐渐退出的,把股份分给能够负责管理的人,让这个招牌一直活下去,是我的愿望。"

一席之话,实在学了不少东西,刘先生又忙着招呼其他客人。

在我旁边一桌的一个中国人,可能是刘先生的同行,有点嫉妒:"这个人整天那么打躬作揖,假得交关①。"

我听了忍不住插嘴:"就算假,假了那么几十年,也是真的了。"

---

① 交关:粤语,很、非常的意思。

人生看更人

常听到友人罗卜蔡说,星期天早上几个人相聚在一起,做私家菜吃。好生羡慕,央求他带我去一次。

终于约到了,罗卜蔡一早接了徐胜鹤兄又来我家,驱车到九龙湾的一座大厦,把车停好,一同乘电梯到顶楼。是一间老板办公室,墙上挂着字画。一进门口,左边就是小厨房,有一位老太太和另一个光头的老者在里面做菜,老者瞪着五元银币般大的眼睛,是他的特征。罗卜蔡没有介绍,我以为是酒楼的大师傅。

其他友人陆续到来,光头老者捧着菜由厨房走出来,才知道是主人。

"坐坐。"主人说,"既然来了,就别客气。"

再下去,主人家所说的话,没有一句不带粗口,为了文章简洁,就不再重复有关性器官的字眼。

菜式花样不多,基基本本的几个:先是一大锅汤,煮熟着濑粉。另外两大碗,一碗煲着猪肚、白果和笋尖;一碗大鲩鱼头,都是以扬汁为主；一大碟白切鸡；一碟清炒芦笋；还有一大盘的叉烧，是另外一位开酒楼的朋友从店里带来让我品尝的。如此而已。

一大早大鱼大肉，实在幸福。我开怀大嚼，主人看我吃得高兴，也颇为开心。

"这汤怎么那么鲜甜？"我问。

主人轻描淡写："选老鸡四只熬十个钟。"

"哇。"我说。

"鸡要选走地的，愈老愈好。饲养的一点味道也没有，昨天去内地买回来，晚上劏了，煲到天亮。四只鸡、三斤猪肉、二两陈皮，就那么简单。"主人说。

很难想象老者连那只白切的，一共拿着五只鸡在罗湖过关的尴尬。也许有工人，但又不像是靠助手帮忙的人。

"我一早就认识你的。但你不认识我。我们买牛肉都是向同一家人买。那条金钱䐑，不是卖给你就是卖给我。"主人对我颇有知音的感觉。

"鲩鱼头怎么买到那么大的？"我又问。

罗卜蔡代为解释："他一早去鱼档，选最大的那几条鲩鱼，叫人家算整条的钱。只要它们的头，不然鱼档怎么肯卖给你？"

主人笑了："只要算贵一点，未至于要整条买。"

"猪肚怎么洗得那么干净？"我还是要问到底。

"我才不会洗，你去问她！"主人说完指着刚从厨房走出来的那位老太太。

"那是他姐姐,两人相依为命。"罗卜蔡在我耳边说。

"我一买猪肚她看了就生气,我把猪肚一丢给她就马上逃走。"主人像老顽童地说,"喂,蔡先生是食家,这次你不会生我的气吧?"

大姐慈祥地笑:"洗猪肚要三洗三煮。"

"三洗三煮?"我问,"什么叫三洗三煮?"

"买了回来,先擦了盐用水洗,冲干净,刮掉肚中的肥膏,再擦生粉洗,然后在滚水中过一过。拿出来,把粘在肚上剩下那一点点肥膏再刮去,又抛进滚水里煮个十五分钟,捞出来过冷河,才第三次加白果用老鸡汤煲。"

"哇。"我又折服了,"鲩鱼头用的也是老鸡汤煲?"

主人点头:"没有秘诀。"

饱饱。饭后叹陈年普洱茶。

"你们每个礼拜来,是不是夹份出钱买菜的?"我偷偷问罗卜蔡。

罗卜蔡说:"没有。都是主人请客。"

"钱算得了什么?"主人收拾碗碟时像是听到了,"我收的租,一生一世吃不完。"

刚刚说到这里,主人用自己的手遮着嘴:"这句话不能说得太早,上次说了即刻闯祸。"

"是怎么一回事?"我追问。

主人详细道来:"我四十年代来到香港,没读书,只有去捡垃圾。

喏,就是这块九龙湾的土地,以前是个垃圾堆。传说内地人吃苦,哪里有我们那种苦?捡垃圾是从堆得像山的垃圾捡起的。一层又一层,凡是有一点用的都捡,捡到平地,再向洞里找。洞里积了污水,这时候是捞而不是捡了,捞走水中的垃圾,再挖埋在地里的,这才叫作捡垃圾。我勤力,人家睡觉我继续捡,拿去卖。慢慢地,经营起废铜废铁,就是所谓的五金行了。五金行又做大,向银行借钱买下这块垃圾地,和人家合伙建了这座大厦收租。我大姐一直劝我说:细佬呀,得省吃俭用呀!我向大姐说,我们一生一世都吃不完。话一说,房地产跌价,我欠银行一屁股债。整天唉声叹气。大姐一看到我回来,即刻把所有窗门都关掉,怕我跳楼!"

"后来不是涨回吗?"我说,"现在又跌,可是你有这栋楼收租,再跌也吃不完呀。"

"还是不说好。"主人用手遮我的嘴。

"吃,尽管吃好了。"大姐走出来说,"穿还是可以省一点。"

主人说:"你看我一身穿得像苦力,还不够省?昨天拿鸡回来时,遇到一个人,说这个看更①的很会享受。"

"你听了不生气?"我问。

"生什么气呢?"主人说,"我本来就是在看更,替我大姐看更,替我自己看更,看人生的更。"

---

① 看更:即看门的人或是保安。

幻彩家族

黄先生看起来像一个人！是谁呢？想个老半天，哦，像日本老牌电影明星高仓健。

一头短发，灰白部分翘了起来，沉着朴实的脸，表情深不可测。

反过来，黄太太轻松得多，一头染了棕色的长发。当今流行，也不是很奇怪的事。但见棕得特别，中间又有深褐色，不转过身来，以为是洋妇。

两人跟着我们去玩，从没听过黄先生开过口，黄太太喋喋不休。"真没想到吃的东西那么丰富，下一次参加，一定带全家人来。回到香港，好好地替你宣传，我们那群姐妹，人数可真不少。每一个参加几次，蔡先生，你可发达了！"

"是，是。"我只有点头。

黄先生在一旁不作声，很同情地望了我一眼，我也很同情地望了黄先生一眼。

礼貌上和好奇心上，我总喜欢问旅行团的团友的职业，看表情，黄先生好像不愿意说自己是干什么的，几次机会，我都没问过他。奇怪的是黄太太话虽然多，但也从来不提起。

钱是有的，当其他团友忍不住问黄太太的头发在什么地方染的，她回答了一个很出名的发型设计家的名字，接着说："花了好几千块。"

"染得很漂亮呀。"团友们说。

黄太太笑了："我那几个儿女，染得更好看。"

第二次，黄太太果然带了一家人来参加，我在机场迎接他们时，呆了一呆。

大儿子出现，染得一头蓝发，大女儿出现，染了一头紫发，小儿子出现，染得一头红发，小女儿出现，染了一头绿发。

这还不止，服装衬住头发的颜色，还钉了蓝、紫、红、绿的珠片，孔雀开屏。

我见怪不怪，一笑置之，但是一些思想传统的团友，为之侧目。

"怎么让自己子女那么放肆？"是温和的看法。

"我儿子要是敢这么做，我就把他赶出去。"是较愤怒的见解。

"哎，生了这么一群人不像人，鬼不像鬼的东西！"是恶毒的批评。

"怎么忍受得了？"秃头的丁先生说。

我问丁先生："你年轻的时候，也梳过一个托尼·柯蒂斯的尖面包头吧？"

"你怎么知道？"丁先生问。

"算你的年纪，应该是流行过。"我说，"那时候你的父母，也会问说怎么忍受得了。"

丁先生没话说，不高兴地走开。

黄先生听在耳里，对我有点好感。

之后，黄先生一家人自得其乐，从不主动和其他团友交谈，吃饭时我另外安排一桌，让他们耳根清净。

大儿子双耳插着耳筒听音乐，跟着节拍摆动。大女儿拼命化妆，任何时候都看到她在涂口红。小儿子沉迷在手提电动游戏机中，巴士上每一个客人疲倦睡觉时，还听到他的游戏机的哔哔声。至于小女儿，逢凯蒂猫就买，一身十几个公仔，逐一把玩。

黄太太只顾买吃的东西，黄先生本人一直往窗外看，对大自然有无限的兴趣。

"那种女子一定不务正业的了，你猜猜黄先生干的是哪一行？"有些团友开始推测。

"那么沉着的人，一定是会计师。"有人说。

"不，不，会计师的身体哪里会那么强壮？一定是个退休的运动健将吧？"

"开纺织厂的吧？"

"不像一个商人，也许是警务人员。"众人七嘴八舌地讨论。

秃头的丁先生又来参加一份："照我看，是开火车的。"

大概是高仓健在《铁道员》一片中给了他的印象。

抵达了温泉酒店,大伙都急着换了浴衣去浸大池,我看到黄先生用羡慕的眼光望着,但不走进浴堂。

"你不喜欢泡温泉吗?"我问。

黄先生摇摇头。

"那么一起去呀!"我拉着他进去。

秃头的丁先生看得呆住,手上的木桶倒水倒到一半,停在空中。

黄先生脱了衣服,全身文身,刺青图案是南方金刚夜叉明王佛像,遍身青色,两眼俱赤,揽发为髻,颜色黑赤交错,如三昧火焰。张眼大瞋,上齿皆露。有二赤蛇,二头相交,垂在胸前,仰头向上,其二蛇尾,垂在肩。有八臂手,把伐折罗和长戟,其戟上下各有三叉,皆有锋刃。手作心印,施无畏手。另有四面四臂像,表示降伏第七末那识之我痴、我见、我慢、我爱……

泉水从肌肉流下,黄先生坐在池边,一动也不动。众人一句话也说不出,全场静止。

黄先生转过头,向我微笑了一下。

幻彩家族,叹为观止。

撒椒

  友人介绍了内地一对夫妇,叫王力加和李品熹,是开餐厅的。都是年轻人,太太李品熹清清秀秀,斯斯文文,本身是湖北人,但更像苏州女子,说吴侬软语。后来才知道,截至二〇一六年一月底,他们开了一百零五家店。

  名字叫"撒椒",是太太想出来的吧。说明是"江湖菜",什么叫江湖菜呢?有人的地方就有江湖菜,记录源于乡野民间,做出来的都极为美味,专攻一品,故有一菜一店闯天下的传统。李品熹有鉴于此,把江湖菜集中在一起,改掉环境不卫生的恶习,但坚持遵循正宗做法,从街头巷尾搬进了高级购物中心。

  去试的这一家新开在深圳华强北九方,其他商店都还没被炒热时,"撒椒"已经排了长龙。

  走了进去,发现餐厅分两个部分,室内的和花园的,后者可以抽烟,座位都不大,四人的居多,适合年轻人消费,他们都不带一家大小来的。

为什么从二〇〇九年到现在短短的时间内会搞得那么成功,是我研究的对象,看了餐牌,即刻知道,所选的江湖菜,首先是容易复制的。

主角有"最佳焖猪脚",的确好吃,煮得烂而入味,骨头都能嚼着吃,猪脚和土豆(薯仔)一块焖,一大盘才卖五十八块,在深圳消费已比香港高的现在,这价钱实在合理。吃了一块猪脚,味道甚佳,但薯仔更是入味,好吃过猪脚。

餐厅出了一招很厉害的,是薯仔免费,无限添加。

另一位主角是"霹雳娇蛙",用大量的红辣椒干来煮牛蛙,加以丝瓜。当然,丝瓜更好吃,丝瓜也免费添加,贵一点,卖一百四十八。

出另一绝招:大家都怕地沟油是不是?各位都嫌吃过肉后剩下那一堆辣椒干可惜?那么,把吃剩的油用罐子装起来,辣椒干替你拿去磨碎了放在罐内,贴上贴纸,教你怎么利用,煮面呀,炒菜呀,纸上又有桌子号码和日期,保证卫生,若有毛病可找根源。

这些针对顾客心理的招数,都是女人才想得出来,男人才懒理这些。

要容易进货,食材不能有太多的选择,只限于牛蛙、草鱼、鲈鱼、凤尾虾,但做法可有变化,也不能太多,只限于酸菜味型、青椒味型和红辣椒干的水煮味型。

所谓的类型,其实是火锅的变种,你可以加辅菜进去煮:金针菇、宽粉皮、鲜豆皮、有机蔬菜、魔芋片、午餐肉、高山娃娃菜、莲藕片、莴笋片、土豆片、黄豆芽、黄瓜片和卤肥肠。

都是辣，不吃的客人呢？

先上一锅萝卜汤吧，才二十八块，是真正用大量萝卜炖出来，不甜才怪。

再来些小菜：有八块到十二块钱的花式泡菜、凉拌木耳、白灼时菜、拍黄瓜、家常茄泥（特别好吃）、芥末毛豆、水煮花生、土豆片、怪味粒粒香（其实是猪耳）、旋子凉粉、小种海带。香肠排骨值得一提，是整块肉带骨包进香肠里面的，由台湾小吃得到的灵感，才卖九块。

饱不饱？主食类还没说出来呢，有手工烤包子，玉米焗摊其实是烤玉米，炒玉糖开水很特别，把米爆了再浸糖水，炸老石是用鱿鱼墨鱼做的，另有墨鱼汁炒饭，我最喜欢的是红糖小粽子，一颗颗迷你粽很可爱。再不饱，要一碗三块钱的白米饭好了。

饮品方面除了啤酒、红白餐酒和可乐之外，有鲜榨柠檬、冰橘柠檬、鲜榨甘笋苹果汁、火龙果酵素气泡饮、西瓜汁等，每一杯都像鸡尾酒般摆设出来。

问品熹何时有开餐厅的念头？

答："二〇〇九年初，觉得是件好玩的事，同时也是一种投资。"

问："第一家在什么地方开，用了多少资金？"

答："第一家在深圳，用了八十多万元人民币。"

问："第二、三及以后的呢？当今一共多少家？"

答:"二〇一〇年四月第二家,也在深圳,选址和装修花了非常多时间。二〇一〇年十一月第三家开到江西赣州,尝试了跨区域管理。

"每年的开店数量及营收都是翻倍增长,至今包括四十一家加盟店共有一百零五间,分布在三十六个城市。"

问:"有没有拜过师?"

答:"没有,摸着石头过河,一路从无知走过来,现在还在摸索,总觉得我们是在创业,时刻感觉在路上。"

问:"今后的计划?"

答:"二〇一六年计划做好自己的店和加盟店的管理工作,压缩直营店数量,让公司和自己都不要那么疲劳,能有时间思考,所以,二〇一六年将新增'探鱼'的烤鱼直营店六十八家,可能会做一些互联网的项目。"

问:"例如呢?"

答:"例如开发一套便于餐饮业使用的软件,从采购到与消费者的互动,都能在这系统上进行管理。这样的系统在我们自己的公司运行,等做到纯熟时再给其他同行使用。

"细想似乎没有预订超过两年的计划,但时常告诫自己要保持敏锐度,寻找一些有市场潜力,或者业内还没有做得好的领域,开发新的顾客。"

年轻人,实在厉害,值得学习!

好办法

和甘健成兄谈到死亡。他说:"父亲每天坚持到店里,坐坐也好,总之要出现。要是有一天去不了,他就知道已经离去的日子不远。"

"生存下去的意志,是很重要的。"我说。

"去世之前的两个星期,是在家里过的。后来去了医院,人昏迷,挣扎了几天。"

"我父亲也是。"我说,"生前指导我很多事,走时教我怎么死亡。"

"老人家怎么说的?"健成兄问。

"他没有说出口,但是让我看到了临终的痛苦。人,应该在那个时候也安乐才是,要是轮到我走那段路,那就像老和尚一样,逐日绝食,直到体力不支,自然而去,弘一法师就是这么去的,什么事都安排好,还写了'悲欣交集'四个字呢。"

"减食的意志力不高呢?像你我都是老饕,不吃东西怎么忍受得了?"

"胃口那么好的话,就不想死了。"我笑了出来。

"知道要去，吃吃安眠药吧。"健成兄说。

"我同意，当花生吃好了，睡得安稳，就不会馋嘴了。"

"最好是来几杯老酒。"

"唔，来几口鸦片也好。"

"就怕到时人动不了，周围的人又不肯让你做这些事。"健成兄感叹。

"这就是交朋友的好处，外国绅士老后总和神父来往，我们的古人也爱与和尚聊天，当今的你我，还是贿赂一个医生吧。"我说。

"医生很有原则的。"

"所以不用'结交'两个字，用贿赂嘛。请客、送礼不在话下，还要陪他去旅行，总之投其所好。弄到他不好意思，问说我能为你做什么为止。"

健成兄也笑了："这个办法真好。"

作家朋友

有一位作家朋友,三十几岁了了到日本去留学,钱不够,寄住在几个同乡的房间里。

此人说来留学,但没看到他去上课,整天待在家中,像是去外国打发时间。

从来没有人知道他到底想干些什么,朋友听说他会写作,就劝他把对日本的感想记录下来。

对着空白的稿纸,望着天花板,香烟一支又一支,但是字可不是一个又一个。

他去了两年,最远的地方不过是居住的附近。

到小馆子吃饭,他用手指着玻璃橱窗中的塑料食物样板,伸出一根指头。

记忆中,他学会几句日本语,例如他会叫啤酒。一坐下来,他说:"Biiru Moo Ippon。"

Biiru 是英文的 Beer,Ippon 是一本、一瓶的意思。

最妙的是他用的 Moo，再来，多些的意思。每次都是一瓶不够，一定说要再来一瓶。

他说他记得这个 Moo，是和英文的 More，意思和发音都很相像的缘故。

说也奇怪，这个人在日本谈起恋爱来。

对方是个洗衣铺的店员，也是三十多岁，逢人就看人家手上有没有戒指。

我们的大作家到了外国当然不肯戴结婚戒指，女店员见他来光顾了几次，和他指手画脚地聊起天来。作家也毫不客气，大刺刺地把她给带回家里。

之后，女店员下了一番努力，立誓要教会作家日本语。她说："Domo Domo Domo Is Thank You。"

这个谢谢人家的 Domo，什么人都会，大作家要学老半天。她又教："Dozo Dozo Dozo Is Please。"请人家自便的 Dozo，不应该很难。

一天，大家都不在，来了一位日本客人。作家可用起他的日语，向客人说："Domo。"

客人瞪大了眼，不知道疯子谢谢他干什么。坐了一会儿无聊，起身。作家向他说："Dozo。"

日本客人听了，以为自己一起身，对方不留客，反请他自便，就生气地走了。

大作家当然不介意，跑去小食店，向女招待用他唯一说得正的日语："Biiru Moo Ippon。"

歇会儿

我住亚皆老街的日子

当年从邵氏辞职出来,前路茫茫,第一件事当然是到外面找房子。

先决定住哪一个区,很奇怪地,我们住惯九龙的人,一生就会住九龙,香港岛的亦然。清水湾人烟稀少,要强烈对比,唯有旺角,便去附近地产物业铺看出租广告,见亚皆老街一〇〇号有公寓,租金合理,即刻落订。

这是一座十层楼的老大厦,搬了进去,也没想到怎么装修,邵氏漆工部的同事好心,派一组人花一整天就替我把墙壁翻新,也没买什么家具,之前在日本买的那几叠榻榻米还不残旧,铺在地板上,就开始了新生活。

好奇心重是我的优点,安定下来后一有时间便往外跑。旺角真旺,什么都有,我每到一处,必把生活环境摸得清清楚楚。

最喜欢逛的当然是旺角街市,从家里出去几步路就到,每一档卖菜和卖肉的都仔细观察,选最新鲜的,从此光顾,不换别家,一定和小贩成为好友,有什么好的都会留给我。

街市的顶层一向都有熟食档，早餐就在粥铺解决，因为看到他们煲粥，用的是一个铜锅，用铜锅的，依足传统，不会差到哪里去。

另一档吃粥的，就在太平道路口，一家人开的，广东太太每天一早就开始煮粥底，用的是一大块一大块的猪骨，有熟客来到，就免费奉送一块，喜欢啃骨的人大喜。因邻近街市，每天都有猪肠猪脚等新鲜的内脏，这家人的及第粥一流，生意滔滔，忙起来时，先生便会出来帮手。

广东太太嫁的是一位上海先生，在卖粥的小档口旁边开了一家很小很小的裁缝店，相信手艺不错，只是当年还不懂得欣赏长衫，没机会让他表演一下。

在同一条亚皆老街的转角处，开了档牛杂，一走过就闻到香喷喷的味道，很受路过的人欢迎，价钱也非常公道，当年我已经开始卖文，在《东方日报》的副刊"龙门阵"写稿，诸多专栏中，我最喜欢一位叫萧铜的前辈，他的文字极为简洁，有什么写什么，像去内地，到小食肆喝酒，原来啤酒是热的，照喝……

后来我才发现，看他的文章那么多年，不知不觉受了影响，有时自己也想到什么写什么，什么时候停止，什么时候停下，什么时候开始，什么时候断句，都很自然，而且愈自然愈好。

萧铜先生原来大有来头，在上海相当闻名，太太是明星，后来女儿也是演员，和妻子离婚后，娶了一个广东太太，他叫为广东婆，在他的文章里的广东婆经常出现，也是他的生活点滴。

我最爱和萧铜先生在牛杂店里饮两杯,那时我的酒量不错,我们两个喝酒的人都不加冰或其他饮料,有什么喝什么,二锅头也是那时才学会喝的,用竹签插着牛杂下酒,直至店铺打烊为止。

亚皆老街一〇〇号的同栋大厦,同一层楼中也住了另一位电影人,后来我进了嘉禾才认识,是导演张之珏,那时他还是个跟班,整天和洪金宝那组人混在一起。

这座大厦有部古老电梯,有道木头的拉门,关上了才另有一扇铁闸。赶时间没好好打招呼的是缪偌人,她是鼎鼎大名缪骞人的姐姐,真是一位女中豪杰,是制作高手,电影电视广告等,无一不精通,性格极为豪爽,粗口一出成章,尤其爱打麻将,玩时妈妈声地,男人都没有她讲得那么传神。缪偌人做过空中小姐,后来她不断去旅行,到过天涯海角,我对她十分敬仰,现在不知道跑到哪里去,已多年不见了。

在亚皆老街的横路上有条胜利道,最多东西吃了,老"夏铭记"就在胜利道上,他们的鱼蛋和鱼饼,一吃上瘾,就算我后来搬走,也经常回去买来吃,后来因贵租而迁移到旺角警察局附近继续营业,直到店主最后不做,享清福去了。

说回太平道,以前有家粤菜馆,名字忘记了,是香港第一家走高级路线的,用的碗碟是一整套的米通青花,当今要是保存下来,也是价值不菲的古董了,张彻和工作人员吃饭,最喜欢到那里去。

由太平道转入,是自由道,狄龙很会投资,在清水湾道买了一间巨宅，就在李翰祥的隔壁，在太平道也有间公寓，时常遇到他们夫妇。

另一边，是梭桠道了，那里有个小街市，卖鸡卖鱼，也有档很不错的肠粉铺，我在那里第一次见到布拉肠粉的制作过程，看得津津有味。

太平道边的火车天桥底下，本来有多个水果摊档，后来被迫搬走，记得总有一家店的水果，价钱比其他店的便宜，客人便挤着去买，原来那七八档，都是同一个老板。

今天怀旧，又到亚皆老街附近走一圈，上面提到的店铺和食肆都已不见了，只剩下梭桠道转角的加油站不变，旧居亚皆老街一〇〇号，也换了道不锈钢铁闸，里面住了些什么人呢，探头望入，见不到住客，有点惆怅。

重播

妈妈一发言,皆旧事,一次又一次。

姐姐与我都在一旁偷笑:"又重播了。"

年纪一大,难免的事。我现在已达家母当年的阶段,老毛病都会发生在自己身上了。

听的人一定会厌烦,我很清楚地知道,但碍于记忆力的衰退,又不知不觉地重播起来。

努力地改正,和别人交谈时,想讲什么之前,都先检讨。不能肯定时,就问道:"我有没有告诉过你这一件事?"

对方摇头,我才继续讲下去,但这并不代表我不是在重播,他们只是客气而已,即使听过,也假装没有。

久了,我可以从他们的目光观察出到底是不是在重播,记得最好,如果忘记了,也只有请大家原谅。写文章也是一样会重播的,下笔之前,绞尽脑汁不重犯,最好的预防,就是不作声,这也是我越写越少的原因,别无他法了。但如果是读者老友,相信也不介意重温的。

TOMMY

不懂就问就学的学问，在人生最为重要。

当今有了手机，一查就出，这是你问的结果，这是你的财富。

好在我从小就喜欢问，先问吃，再问喝，后问快乐。

把空余的时间，用来问你不懂的事和物，是最过瘾的了。

司机辞工，好友 Tommy 帮忙我几天，他本身是一位飞车手，对摩托车和汽车很有研究。汽车是我最弱的一环，一点兴趣也没有，但有那么一个专家在旁，不问白不问。

这些日子以来，我问了美国车、德国车和日本车的分别，引擎或电动的好坏，什么车子坐了最舒服，等等等等。成了百分之一的专家。这些知识都已经是我的了，别人拿不掉。遇到喜欢车子的女人，也可以大谈一番。

我喜欢发问的习惯，令我和友人在日本百货公司购物时，利用空当跑到香水部门这种试那种闻，在短期间内也成为百分之一的专家。相信我，日后很好用的。

老友陆离

在网上喜见老友陆离文章，已经越来越多人上网，无他，不过为了一片自由自在的乐土。

香港报纸杂志，太多拘束，立场也偏激，不是陆离这类性情中人的园地，如何种植？

她从周报写起，又把最早期的花生漫画翻译过来，引起读者对英文的爱好，功不可没。

数十年来，我一直爱看她和她的先生石琪的文章，后来因为对他们发表的刊物失去兴趣而停止，真是可惜。

石琪的影评是香港人中写得最好的，内容温文尔雅，道出所有电影中的优点和毛病。

近来他们的消息，只在章国明贴在社交网站上的照片上看到，虽然不见已久，但思念不断，思念不断。

老朋友这意思，就是这样的。

下酒菜

新年大家总是开始列各种清单，曾经写过一篇"死前必吃"清单，也时常被人提起。

最近看到了一部纪录片《下酒菜》，里面见到有清单里的老朋友"炭烧响螺"。看到画面，便想起以往吃螺配上 XO 的回忆。

喝什么酒配什么菜，各地风俗不同，个人喜好不一，大有学问。这部纪录片里看到的一些搭配，真是奇妙。印象深刻的，是片中有一集，三五好友以牛头佐酒，非常豪迈。

喝酒的饮伴，多少不拘，重在以酒食佐交心。一起喝酒的人，往往决定了一餐的味道与气氛。

想起和倪匡兄一同喝酒，我们第一次见面，在我家用电饭煲温清酒喝。有二三好友不易，有话题，有酒喝，无事常相见，便是人们爱吃下酒菜的真意。老友相见，谈不完的往事，就是最好的佐料，足以让粗菜烈酒变得美味。

倪匡兄先走，在另一个星球应该也有了新的饮酒配额，结交到新的酒友，下酒有菜，又可痛饮了。

  这个新年，希望大家和朋友多多见面，把酒言欢。

烦恼清零，快乐又重启

我没有教他什么，我也不敢说我有资格教他，我只是把我的失败当成笑话讲给他听，入不入耳是他的事，至少他笑了出来。

人间蒸发的友人

为了拍《霹雳火》那部电影的一场赛车，我到日本的下关去看外景。

这地方乡下得不能再乡下了。唯一值得一游的，是它盛产鸡泡鱼河豚。

一大早，海边的菜市场中便有河豚出售，是渔夫们一船船运到这个港口来的。

我见到了一个熟悉的背影，绝对错不了，那是我的老同学佐藤。

佐藤在十多年前"人间蒸发"。这是日本的名词，说一个人忽然间没影没踪，不见了的意思。

真想不到能与他重逢，我大叫一声："佐藤。"

他愕然地回首，看到我，用手指在嘴边嘘了一下，打眼神要我和他一齐走开，其他的渔夫，都用奇怪的目光看着我这个陌生人。

"别叫我的名字。"他说，"我在这里，他们都以为我姓新井。"

我们走进一间小酒吧，普通人的清早，是渔夫们的深夜，有间酒吧，专做他们的生意。

"你为了什么人间蒸发的？"我问。

"唉！"他长叹了一声，"为了一樽①药丸。"

"药丸？"

"是的。"他说，"我有胃病，随时要吃药。"

"那和你离家出走又有什么关系？"

"你听我说嘛。我的太太叫美香，你也认识。"

美香，我想起来了，她是我们学校的校花，多少人想追也追不到，想不到嫁给佐藤这家伙。

"你很幸运。"

佐藤不出声了一阵子，然后说："怎么美丽的女人，结了婚，都会变的。"

"她对你不忠？"

"不是，她是个贤淑的女人。不过，她太小心眼。"

"所有的女人都是这样的，这是她们的天性。"

"我也知道，所以我一直忍着。"佐藤说，"毕业之后，我考进电通公司负责拍广告，算是有福，步步高升，后来还当上部长。"

"哇，在那么一个大机构，做部长可不是容易的。"

"收入也不错，但是当我想花点钱的时候，我老婆总是说：'老

---

① 樽：即瓶。

了之后怎么办？'我说有医药保险，有退休金呀。但我老婆说，'怎么够？'"

"你们日本人不都是大男人主义的吗？"我问。

"我骂她一次，她听一次；骂她两次，她听两次。但是女人的唠叨，是以千次百次亿次计算的。日本历史上的大将军，多少错误的决定，都由他们的老婆的唠叨造成的。"

"避免不了的事，就投降呀。"我说。

"太疲倦了，我当然投降。投降之后，无奈极了。她一步一步地侵蚀我的思想，我每一次点多一点酱油，她每次警告说对腰不好，我想吃多几个蛋，又是胆固醇太高。"佐藤摇头。

"一切都是为你好呀！"

"是好，一切都为我好。我太好了，太安定了，太健康了。家也不像一个家。不对，我说错。像一个家，像一个她的家，不是我的家。先由客厅着手，面纸盒要用一个织花的布包着，一切都是以她的口味为主，卧房当然女性化，连我的书房，也变成她的贮衣室。"

我听得有点不耐烦："你说得那么多，还没有说到关键性的那樽药丸。"

"我刚刚要说到那瓶药丸。"佐藤叫了出来，"我把药放在餐桌上，随手可以拿来服用。第一天，她就把瓶子收拾回药柜里。我说我知道你爱整齐，但是这瓶药，我想放在这里，随时可以吃，好不好？征求她的同意。她点点头，拿出来后，第二天，又收回去。这次我不睬她，自己放在餐桌。第二天,她再次收进药柜。我大发脾气,把餐桌上的东西都摔在地下。第二天,她将一切收拾好,当然包括我那瓶胃药。"

"那你就再也不回头地走了?"我问。

佐藤点头:"她还以为我外头有女人。我年轻时什么女朋友没有交过?我绝对不是一个临老入花丛的男人。她太不了解我了。我把一切钱银都留给她,算是对得起她,从此,我由她的生命中消失。"

"她没有试过找你吗?"

"日本那么大,我一个地方都住不上一两个月,她哪里去找?日本住不下,我就往外国跑。我现在学做渔夫,捕捕鱼,日子过得快活,是另外一个人生了。人家活一世,我好像有活了两世的感觉。是的,我很自私,人一生下来就是孤单的,自私对孤单的人来说,没有错。"

"不喜欢的话,离婚好了,也可以有第二个人生呀,何必人间蒸发?"

"你不会明白的,女人是不会放过你的。"佐藤说完,把酒干了。他没有留地址给我,因为他知道,他妻子终有一天会找到我的。

"要是她有一天出现在你眼前呢?"我追上去问,"你会说什么?"

"以其人之道治其人之身,我会向她说:'一切都是为你好!'"

慕札医生

问法国人佩里戈尔（Perigoro）在哪里？他们大多数回答不出，但是一提鹅肝酱和黑松菌的产地，都拍起额头，大叫："是，是！Qui，Qui！"

整个地区应该属于多尔多涅河谷（Dordogne Valley）。这个山谷史前为海底，干枯后变为肥沃的农地。当年的平地已成山丘，原始人挖洞建居，还能找出许多壁画来。

从巴黎往乡下车站，须乘四个小时火车方能抵达碧绿歌。座位很舒服，也有吸烟区，但车轨是从前建造的，很窄，车厢晃动，像个摇篮，令人昏昏欲睡，一下子到了。

酒店离碧绿歌车站还有一个钟车程，路旁所见，尽是些养鹅的农场，到处挂着鹅肝（Foie Gras）的招牌，法文中"S"这个罗马字并不发音，读起来像"花瓜"。

下榻的 Le Centenairs' Hotel 只有十来间房，有一般法式小旅馆的精致和舒畅，但我们来住，是因为这家酒店的餐厅有位名厨。

一道道的鹅肝料理，原料上乘。各种不同的煮法已不必去谈，我看到餐牌上有田鸡腿，想起普罗旺斯的，就点了一客。

上桌，一个白色的碟子上点着十二滴的浓郁菠菜汁，呈绿色，各滴汁上站着一只田鸡腿，是用大蒜爆过后把大腿的顶部切平直放的，团团围着碟旁。小腿部分去其肉，只剩下骨头，像牙签一样，以手抓着送进口，香甜无比。我将这种摆设牢牢记住，下次入厨派上用场。当送酒前菜，比什么香肠、鲑鱼等高贵百倍。

晚上又驱车到 Le Pont De L'ouysse 去，又是一家餐厅连酒店。这里有古堡、小溪、丛林、断桥，园中挂着一颗颗的大灯笼，如入仙境。我想任何男女追求伴侣，来到此地，对方一定融化。

Daniel Chambon 主理，骄傲地自称为厨子 Cook，而不是师傅 Chef，说厨艺传统的，加上自己的灵感而成，从不屑领取什么米其林之星。

果然有一手，这位厨师比 Le Centenairs 的有自信，随心所欲，烧出各道鹅肝和黑松菌的佳肴来。

当晚，我第一次见到了慕札医生（Docteur Louis Muzac）。

同行的友人是位老饕，对法国餐尤其有研究，从此结识了米特兰总统的御厨 Daniele Mazetdelpeuch。这位老太太的厨艺当然是一流的，但为了友人对美食的追求，谦虚地介绍了她的老师，说这个人才是法国的厨中之厨，而她的师傅，就是慕札医生。

慕札医生已有八十多岁了，家中四代人都是医生。小地方，只有一个。乡下人有什么奇难杂症都要来找他。遇到家禽肥满和蔬菜新鲜，都拿来奉送。当成医药费也好，或者方便下次生病时得到照应。慕札医生在当地的地位是超然的，各个遇到他的人都前来鞠躬或拥抱。

翌日，再坐一个钟头的车，到了慕札医生的家，这次如广东话所说："发达了。"是慕札医生教厨艺。

清晨七点，他已把鸡宰了，肚中塞入猪肉，再用大量蔬菜煲了一大锅汤等待我们。烧菜时不加水，利用汤汁，也像我们的上汤，还没发明味精之前，全靠它。

卷起袖子，开始学习。慕札医生教我们用面粉搓成薄饼，一叠又一叠，再压扁，放入锅炉，烤成一个酥饼的模子。接着煮刚摘下的野菌，各种不同类型的，香甜无比，以它当底，铺在酥饼的最下层。

拿出三四副巨大的鹅肝来，叫我们片开，取去肝中的血筋，这个步骤很重要，不然鹅肝嚼起来就有僵硬的物体留着，不像丝一般的柔软了。

鹅肝切成手掌般大片，下锅核桃油，把干葱爆香，再煎一煎，就要加点樱桃果酱、上等红酒和天然黑醋再炆数分钟，铺在酥饼的第二层。

春末初夏，并非黑松菌的季节，慕札医生从冰箱中取出一罐罐的玻璃瓶，每个瓶中一粒去年收成的大黑松菌，在巴黎卖至少五百港币一颗，但他像不要钱似的叫我们切了十多粒，铺在鹅肝上面，再拿去焗个二十分钟。等待中，慕札医生说："我的曾祖父教我祖父，祖父教我父亲，父亲教我，没什么花样，好材料的菜不需要花样。"

我们把餐桌整理好，慕札医生指着它："打仗的时候，我就在这张桌上替病人开刀。"

他若无其事，我们听得心中发毛。走出花园抽支烟，看到一只雄鸡，五颜六色羽毛发光，漂亮得不得了，到处乱跳乱跑。

回到厨房，用鸡汤煮野米当饭，油下锅，又爆香干葱，像福建人和南洋人一样，法国料理中用了很多干葱。

把剩下的鸡汤收干火，取出鸡来。鸡中的肉饼，也是下了大量的黑松菌的，又是一道菜。

开饭了，那块焗鹅肝黑松菌的酥饼是天下美味，肉饼当然也非常好吃，就算我这种不喜欢吃鸡肉的人，试了一块鸡，也觉得又软又香又甜。

"这是什么鸡？"我问。

"和你在花园里看到的是一对，它昨晚把家里的猫啄瞎了一只眼睛。当它是食物，不算过分。"

慕札医生笑着说。

侍者诺维

我们在墨西哥拍外景,最大的福利是二十四小时都跟随着的餐车。

这节餐车分两个部分,带头是一辆"标域",拉着一间客厅兼卧室的房车,后面一架大卡车,具备厨房用品。

每到一处,餐车停下,工人便开始由卡车中取去铁架,熟练地把一个几十英尺的大帐篷搭好,这么一来,就是下雨也不怕了。

跟着摆五张大长桌,每张坐二十个人,共供一百人的膳食,桌上铺着白色的桌布和两个花瓶,插着色彩缤纷的鲜花,这是女主人的心思。

她只有二十四五岁,带着一个三岁大的儿子。她是我们本地制片的妹妹,听说丈夫已离开,留下一笔钱。因为她姐姐总要安排东西给外景队吃,便理所当然地经营起供应伙食的生意。

将"标域"脱离卧房车,女主人去最近的菜市场买菜,我老是喜欢跟她一块儿去,她也不在乎,好像多带了一个儿子。

乡下地方,菜市场的材料并不丰富,买来买去不过是鸡牛羊,还有些基本的蔬菜如马铃薯、洋葱、高丽菜等,她心中有个预算,选最便宜但新鲜的,出手又狠又准,一买就是十公斤以上。

返回外景地,路旁有摊卖水果的,一大袋六十个橙只卖港币二十五元,顺手购入两三袋。这时女主人的妈妈和姐姐出现帮手,三个女人长得很像,天气酷热,她们都不穿胸罩。她们很勤劳,相貌可亲,但我们全体工作人员爱上的,是一位叫诺维的助手。

诺维长得又矮又胖,四十岁左右,脸上总带着微笑。不管是清晨三四点或三更半夜,诺维永远穿着整齐的白衬衫、黑裤子,打着个领花。站得笔直,手上捧着盘子,不停地供应伙食。

热饮有咖啡和茶,后者是用一种草药泡制,一点茶味也没有;冷饮花样就多了:矿泉水、可乐、苏打、柠檬汁和一种用红花浸出来的糖水,酸溜溜的没有什么香味。

临收工之前,诺维会忽然从他的大冰箱中取出几罐冰冻的啤酒,小小声地:"现在喝,醉了也不要紧。"

我们一天工作十六个小时,诺维无时无刻不在我们身边服务。

"诺维,来根烟吧。"

"诺维,来杯酒吧。"

诺维总是微笑着摇头。

发现诺维微笑的时候,眉头是皱着的。

"诺维,为什么你笑,眉头皱着?"

他用手指着眉头:"天生。"

又用手指着裂开的嘴唇:"后生。"

我们也笑了,拍拍他的背。

一晚,在广场拍通宵的戏。镜头摆在一个两层楼的亭子上,诺维爬上爬下地拿东西给我们吃,一下子是三文治,一下子是热狗,一下子是墨西哥薄饼。

快要天光,我们怕这场戏拍不完,急得团团乱转,诺维站在一旁微笑,让我们感到心定下来。

看见他双眼快要合起来。

"诺维,你先去睡吧,就要收工,不必喝东西了。"

他摇头,还是微笑。

一转头,扑通的一大声,一个黑影一下子不见,原来是诺维由二楼跌了下去。

大家赶着去抢救,把那大胖子扶了起来。诺维的眉头皱得更厉害,但还是笑着说:"不要紧,不要紧。"

我们看到他白 T 恤衫的背上渗透了一大片红色,已是被擦得皮开肉绽。

女主人赶紧用她的"标域"把诺维送进医院,我们收工后并没好睡,担心着诺维。

第二天上班,看不到诺维,心中失落。中饭很丰富,生菜沙拉头盘、鸡汤,汤中有细面条,牛排主菜,饭后甜品布丁、茶、咖啡,还

歇会儿

有杧果、苹果、蜜瓜和西瓜的选择,但大家的胃口不好。女主人不知道去哪里找到几瓶酱油:"你们吃不惯盐,有了酱油可以多吃点吧?"

心领了,但还是吃不下。

一辆白色的士到了现场,走下来的是诺维。大家冲上去欢迎他。

诺维还是件白衬衫、黑裤子,打个领花,微笑着,样子一点也不变,照样微笑。

"辛苦了,诺维。"

"不辛苦,你们更辛苦。"诺维说,"我没事。"

大家高兴起来,习惯性地拍着他的背。

第一次看到诺维笑不出。

"为什么不笑,诺维?"

诺维听了皱着眉头:"背,很痛。请你们不要再拍!"

Gilbey A

"银座有几千间酒吧,你去哪一家?"

这次农历新年旅行团,最后一个晚上吃完饭后目送团友回房睡觉,我独自走到帝国酒店附近的"Gilbey A"去。

主要是想见这家酒吧的妈妈生有马秀子。有马秀子,那时已经一百岁了。

银座木造的酒吧,也剩下这么一间吧?不起眼的大门一打开,里面还是满座的,日本经济泡沫一爆已经十几年,银座的小酒吧有几个客人已算是幸运的,哪来那么热烘烘的气氛?

这家酒吧以前来过,那么多的客人要一一记住是不可能的事,她开酒吧已经五十年,见证了明治、大正、昭和、平成四个时代的历史。

衣着还是那么端庄,略戴首饰,头发灰白但齐整,有马秀子坐在柜台旁边,看见我,站起来,深深鞠躬,说声欢迎。

几位年轻的吧女周旋在客人之间。

"客人有些是慕名而来,但也不能让他们尽对着我这个老太婆呀!"有马秀子微笑。

说是一百岁,样子和那对金婆婆银婆婆不同,看起来最多是七八十,笑起来给人一种很亲切的感觉。

坐在我旁边的中年男子忽然问:"你不是《料理铁人》那位评判吗?"

我点头不答。

"他还是电影监制。"这个人向年轻的酒女说。

"我也是个女演员,姓芥川。"那女人自我介绍,听到我是干电影的,有兴趣起来,坐下来问长问短。

"那么多客人,她不去陪陪,老坐在这里,行吗?"我有点不好意思。

"店里的女孩子,喜欢做什么就做什么。"有马秀子回答,"我从来不指使她们,只教她们做女人。"

"做女人?"我问。

"唔。"有马秀子说,"做女人先要有礼貌,这是最基本的,温柔就跟着来。现在的人很多都不懂。像说一句谢谢,也要发自内心,对方一定感觉到。我在这里五十年,送每一个客人出去时都说一声谢谢,银座那么多家酒吧不去,单单选我这一家,不说谢谢怎对得起人!你说是不是?"

我赞同。

"我自己知道我也不是一个什么美人坯子。"她说,"招呼客人全靠这份诚意,诚意是用不尽的法宝。"

有马秀子生于一九〇二年五月十五日,到了二〇〇二年五月十五日满一百岁。许多杂志和电视台都争着访问,她成为银座的一座里程碑。

从来不买人寿保险的有马秀子,赚的钱有得吃有得穿就是。丧礼的费用倒是担心的,但她有那么多的客人,不必忧愁吧?每天还是那么健康地上班下班。对于健康,她说过:"太过注重自己的健康,就是不健康。"

那个认出我的客人前来纠缠,有马秀子看在眼里,对他说:"你不是已经埋了单的吗?"

这句话有无限的权威,那人即刻道歉走人。

"不要紧,都是熟客,他今晚喝得多了,对身体不好,是应该叫他早点回家的。"有马秀子说。

我有一百个问题想问她,像她一辈子吃过的东西什么最难忘,像她年轻时的罗曼史是什么,像她对死亡的看法如何,像她怎么面对孤独,等等。

"我要问的,您大概已经回答过几百遍了。"我说,"今天晚上,您想讲些什么给我听,我就听。不想说,就让我们一齐喝酒吧。"

她微笑,望着客人已走的几张空凳:"远藤周作最喜欢那张椅子,常和柴田炼三郎争着坐。吉行淳之介来我这里时还很年轻,我最尊敬的是谷崎润一郎。"

看见我在把玩印着店名的火柴盒，她说："Gilbey 名字来自英国占酒的牌子。那个 A 字代表了我的姓 Arima，店名是我先生取的，他在一九六一年脑出血过世。"

"妈妈从没想过再结婚，有一段故事。"酒女中有位来自外国，用汉语告诉我。

有马秀子笑着说："也不是没有人追求过，其中一位客人很英俊，有身家又懂礼貌，他也问过我为什么不再结婚，我告诉他我从来没有遇到一个像我先生那么值得尊敬的人，事情就散了。"

已经到了打烊的时候，有马秀子送我到门口，望着天上："很久之前我读过一篇记载，说南太平洋小岛上的住民相信人死后会变成星星，从此我最爱看星。看星星的时候，我一直在想，我先生是哪一颗呢？我自己死后又是哪一颗呢？人一走什么都放下，还想那么多干什么？你说好不好笑？"

我不作声。

有马秀子深深鞠躬，说声谢谢。

下次去东京，希望再见到她。如果不在，我会望上天空寻找。

十二岁半的女人

多年前在东京影展,认识了一个女孩子,长得像猫,眼睛大大,头也大,叫羽仁未央(Hani Mio)。

"你多少岁了?"我直接问。

她伸出四根指头,掌心粉红,更像猫的:"四岁。"

"四岁?"

"我生在二月二十九日,四年才有一次生日。"原来她是那么算的。

她不戴胸罩,在当年,算是大胆的。

"我不喜欢一切束缚我的东西。"她说。

的确,她没有被绑过。从小就爱自由。她父亲,日本著名的前卫导演羽仁进,正在非洲拍纪录片,把她带在身旁,让她和野兽一起长大。和动物一样,她心中不知什么叫仇恨,动物没有仇恨,每天笑嘻嘻地过日子。

回到日本后,死都不肯去学校,因为学校有管制,她爸爸也由她,但在日本这个社会,不能有独立的思想。不让子女上学,是一宗大罪,她父亲也只有带她离开,住在意大利撒丁岛上。

不上学也不代表她不肯学,父亲让她看各类型的书籍,未央很小就会写作,出版过好几本书,不上学风波过后,终于又回到日本,她主持了许多电视节目,言论颇受欢迎。

羽仁进对她的放纵,也许是小时吃过的苦,自己的父亲羽仁五郎,是日本研究共产主义的先驱,羽仁进小时已常受身边人的欺凌,所以他用独特的方式去保护女儿。

才华横溢的羽仁进娶了当年日本红星左幸子为妻,左幸子拍过很多经典的电影,自己也做过导演。大胆的场面,她亦不在乎,只要剧本好,主演过《日本昆虫记》。

离异后,羽仁进娶了左幸子的妹妹,未央不懂得大人的争吵,当后母为亲娘,很爱她。

未央有一个很大的兴趣,那就是喜欢香港电影,为了香港电影,她只身跑到香港来,学习粤语,自小又精通英文,人与人之间的沟通是没有问题的。

她对音乐也有独特的鉴赏能力,在香港生活的年代中,她致力推崇一支当年寂寂无名的乐队,叫 Beyond,利用自己和日本娱乐圈的关系,把乐队介绍过去。当然,她不知道后来会发生的悲剧。

也许是香港这个社会,能够对各种思想言论保持开放的态度,令未央长住下去。后来,她在网上组织了一个社团,是让不肯上学的年轻人聚集,讨论他们对自由的心态,更成一个网上大学。

如果说未央没有缺点，也不是。就是爱喝酒，在她那种极端的个性，一爱上就不能停止，她每天喝，每天醉，曾经醉后躺在街边睡个大觉，像一只浪流猫。

　　有次在路上遇见，看她瘦得厉害，问道："还是不肯吃东西吗？"

　　她点点头，对的，另一个缺点是不肯吃东西，如果有人强迫她吃一点，她会歇斯底里地狂吼起来，她父亲羽仁进曾经这么形容她："未央①是一只塔斯马尼亚恶魔，乖时非常可爱，一发狂，张牙舞爪。"

　　网上大学的基金就快用光，为了请到更廉价的计算机程序员，她跑到马来西亚槟城去住了好几年，爱上槟城的纯朴，不肯离开，后来又得到新加坡的资金，到那里去开计算机信息公司。

　　计算机公司有位日本工程师，非常孤独。一天忽然向她说："我一辈子，只想生一个儿子。"

　　未央说，我跟你生吧。

　　儿子生下后，未央也像一般的动物妈妈，让子女独立，不加管束，未央的儿子从小和菲律宾家务助理长大，只会说英语和菲律宾话，后来助理告老还乡，儿子要求跟她去菲律宾住，未央也不考虑一下就答应了。

　　"他是个怪胎。"未央说，"我最爱怪胎了。我自己就是一个。"

　　未央最爱看的电影，就是一部在一九三一年拍的黑白片，片名叫

---

① 未央：动漫人物。

《怪胎（*Freaks*）》，由托德·布朗宁（Tod Browning）导演，片中集了所有的侏儒、象形人、长毛怪人等，都天真无邪，在一个马戏团中各地巡回表演，而最坏的"怪胎"，是戏中的两个正常人。

未央的丈夫客死于新加坡，她的理想也受到种种所谓正常人的打击，经济愈来愈差，钱寄不到菲律宾后，儿子也被抛弃了，返归母亲身边，两人相依为命。

回到日本，她有时也被讨厌又妒忌她的所谓正常人毒打，但她只是把这些事当成笑话来讲。一次因酒醉昏倒，头撞破，流大量的血，在医院住了好几个月，大家以为未央生存不了，但过了一阵子，她又复原，生命力极强，像猫一样，有九条命。

因为酗酒的关系，出入医院为家常便饭。最后，还是拖了半条命，回到香港住下，以写文章在日本发表为生。

终于，传来坏消息，未央因心脏衰竭去世，和高仓健同一天，享年十二岁半。

神田

多年前，当我的办公室设于尖东的大厦里面时，结识了一位长辈，精通日语，成为忘年之交，他开了一家叫"银座"的日本料理，拜托我帮忙设计餐饮，我也乐意奉命。一天，他说："替我找个日本师傅来客串半年吧。"

那时我和日本名厨小山裕之相当熟稔，就打个电话去，小山拍胸口说："交给我办。"

派来的年轻人叫神田裕行，在小山旗下餐厅学习甚久，二十二岁时已任厨师长，对海外生活和与外国人的沟通更是拿手，我们就开始合作了。

和神田一齐去九龙城街市购买食材，他说能在当地找到最新鲜的代替从日本运来的，一点问题也没有。当然主要的还是要靠北海道、九州岛和东京进口。

我们安排好一切，神田就在餐厅中开始表演他的手艺，我一向认为要做一件事就要尽力，连招呼客人的工作也要负责，白天上班，晚上当起餐厅经理来,这也过足我的瘾,从小就想当一次跑堂,也想做小贩,这在书展中卖"暴暴茶"也做到了,一杯卖两块钱,收钱收得不亦乐乎。有了神田,银座日本料理生意滔滔。

最后神田功成身退,返回东京,也很久未曾联络,不知去向,直至《米其林指南》在二〇〇七年于日本登陆,而第一间日本料理得到三星的,竟然是神田裕行。

当然替这个小朋友高兴,一直想到他店里去吃一顿,但每次到东京都是因为带旅行团,而早年我办的参加人数至少有四十人,神田的小餐厅是容纳不下的。

我的人生有许多阶段,最近是在网上销售自己的产品,愈做愈忙时,旅行团的次数已逐渐减少,但每逢农历新年,一班不想在自己地方过年的老团友一定要我办,否则不知去哪里才好,所以勉为其难,每年只办一两团,而且人数已减到二十人左右。

今个农历年,订好九州岛最好的日本旅馆,由布院的"龟之井别庄",第一团有位,第二团便订不到了,我把第二团改去东京附近的温泉,又联络到神田,他也特别安排了一晚,在六点钟坐吧台,八个人吃,另外在八点钟开放他的小房间,给其他人。

一齐吃不就行了吗?到了后才知道神田别有用心,他的餐厅吧台只可以坐八人,包厢另坐八人,那小房间是可以让小孩子坐的,他的吧台,一向不招呼儿童,而我们这一团有一家大小。

去了元麻布的小巷,找到那家餐厅,是在地下室。走下楼梯,走廊尽头挂着小块招牌，是用神田父亲以前开的海鲜料理店用的砧板做的。没有汉字，用日文写着店名。

老友重逢，也不必学外国人拥抱了，默默地坐在吧台前，等着他把东西弄给我吃。

我们的团友之中有几位是不吃牛肉的，神田以为我们全部不吃，当晚的菜，就全部不用牛肉做，而用日本最名贵的食材：河豚。

他不知道我之前已去了大分县，而大分县的臼杵，是吃河豚最有名的地方，连河豚肝也够胆拿出来，因为传说中只有臼杵的水，才能解毒的。

既来之则安之，先吃河豚刺身，再来吃河豚白子，用火枪把表皮略烤，若没有吃过大分县的河豚大餐，这些前菜，属最高级。

和一般蘸河豚的酸酱不同，神田供应的是海盐和干紫菜，另加一点点山葵，河豚刺身蘸这些，又吃出不同的滋味。

再下来的鮟鱇之肝，是用木鱼丝熬成的汁去煮出来，别有一番风味，完全符合日本料理之中的不抢风头、不特别突出，清淡中见功力的传统。

接着是汤。吧台后的墙上空格均摆满各种名贵的碗碟，这道用虾做成丸子，加萝卜煮的清汤盛在黑色漆碗中，碗盖画上梅花，视觉上是一种享受。

跟着的是一个大陶盘，烧上原始又朴素的花卉图案，盘上只放一小块最高级的本鲔，那是日本海中捕捉的金枪鱼，一吃就知味道与印度洋或西班牙大西洋的不同，刺身是仔细地割着花纹，用小扫涂上酱油。

咦，为什么有牛肉？一吃，才知是水鸭，肉柔软甜美，那是雁子肉，烤得外层略焦，肉还是粉红的。"你们不吃牛，模仿一块给你们吃。"神田说。

再来一碗汤，这是用蛤肉切片，在高汤中轻轻涮出来。

最后神田捧出一个大砂锅，锅中炊着特选的新米，一粒粒站立着，层次分明，一阵阵米香扑鼻。

没有花巧，我吃完拍拍胸口，庆幸神田不因为得到什么星而讨好客人，用一些莫名其妙所谓高级的鱼子酱、鹅肝之类来装饰，这些，三流厨子才会用。神田只选取当天最新鲜最当造[①]的传统食材，之前他学到的种种奇形怪状、标新立异的功夫，也一概摒除，这才是大师！

不开分店，是他的坚持，他说开了自己不在，是不负责任的，如果当天吃得好，不是分店师傅的功劳；吃得差，又怪师傅不到家，怎么可以？对消费者也不公平，但这不阻止他到海外献艺，他一出外就把店关掉，带所有员工乘机去旅行。

神田从二〇〇八到二〇一七年连续得米其林三星。

---

① 当造："时令"的意思。

相机医生

我们在墨尔本挑选的外景地,是一个老工业区,从前的一些纺织工厂,现在改为高楼顶住宅和餐厅。其中一间,挂着"相机诊所"的招牌。

哈,大城市都应该有这么一间东西,提供服务给那些相机发烧友,要是老友曾希邦看见了,一定很高兴,他将与这间诊所的人谈照相机,乐死他了。

好不好走进去看看?想了想。总之想做的,不做就后悔,便去敲门。

开门的是一位老先生,圆脸,一副老实相,像年纪大了的查理·布朗①。他穿着白色的医生制服,圆领,左边的肩上有三颗钮扣。

我说明来意,想参观一下。医生的助手走出来,他是个香港人,大家的关系又亲密了一层。

---

① 查理·布朗:漫画人物。

"我先带你走一圈。"他诚恳地招呼。

我不客气地跟着他到处看,有许多新的仪器,用来测量照相机的光圈、速度和焦点。

"要是正常的话,仪器表上那三行,都应该指着零零零。"说完,他把一个相机对准,拍将起来,表上指的是零点一四、零点六、零点一五,都不是零零零。

医生抓抓头:"怎么那么不准?不过,大部分相机都有点偏差的。"

"难修吗?"我问。

"越新款的越难修。"他说,"什么都是电子控制的。一坏,整个电子板便要换掉,电子板大公司花很多钱设计,当然不能当普通零件卖,我们想以合理价钱为客人修,也没办法。"

这时候他的儿子走过来,是一位中年的查理·布朗,穿着男护士的制服,拿了一个相机去修。

整家诊所分两层,各三千英尺,有十来个人埋头工作,气氛安详得很。

我问医生:"你们为不为专业摄影师设计他们的影楼?这倒是一笔大生意。"

他的答案令我汗颜:"我们这里像一个大家庭,都是些志同道合的相机发烧友集中在一起,一有新相机就拆开来共同研究,乐得不得了。我也为人设计过摄影棚,收入的确不错,但是太花我们的时间了,设计影室的工作又不固定,我们在这里一个螺丝一个螺丝地为客人修相机,始终是一种较为长远性的职业。我和我儿子也谈过,大家都认为收入少一点不要紧,重要的是做自己喜欢的,也就够了。"

"我们东方人相信子承父业,想不到你们也一样。"我望着中年查理·布朗说。

"谁不想把儿子当朋友呢。"他感叹,"要是他和我有同一个嗜好,我们不是每天可以聊个不停?但是他是他,我是我,兴趣一样,见解还是不同的。年轻人总有一分固执,我认为他在走错路,正要纠正他的时候,忽然,我一想,也许他是对的呢?所以我又不出声了。我没有教他什么,我也不敢说我有资格教他,我只是把我的失败当成笑话讲给他听,入不入耳是他的事,至少他笑了出来。能有一个儿子在身边是好的,我猜,这是运气问题,不是每一个人都像我那么幸运。硬来是不行的,只有愚蠢的人才会逼着儿子承继他们的事业。"

换个话题,我问他说:"修理相机就修理相机,为什么要穿着这医生袍?"他又笑了,"给初来的顾客有一个好的印象罢了。做我这一行,最大的乐趣还是交朋友。这么多年来,有那么多的相机发烧友拿他们心爱的东西来给我修,他们满意了,请我吃餐饭,我又回请他们,关系是坚固和长久的。"

"他们的相机是什么状态下拿来的?"

"有的都是子弹孔。"他说。

"子弹孔?当战地记者的?"

"不,这个人和一班朋友去打猎,买了一顶新帽子。他要去小便,怕太阳晒着相机，便把帽子盖着它。他的朋友走过来，看见那顶新帽子，大家说新的不好看，决定将它弄旧一点，大家便对着帽子开了几枪。"

"那有没有得修？"我问。

"当然没救啦。"他说，"不过我曾经把一个砸得稀烂的相机修好。等这位顾客来拿相机时，我问他：到底是什么原因才把相机弄成这个样子？他解释：'我在郊外，看见一条大蟒蛇向我爬过来，我手无寸铁，就这么拿起相机来打它。'他说完拿起相机对着桌子示范，我正要阻止他，但已来不及，'嘭'的一声，他把我修得好好的相机又砸烂了。"

新井一二三

从好几年前开始,读《九十年代》杂志时,留意到一个叫新井一二三的日本人,用中文写时事评论。

好几位文艺界的朋友都在谈论,说中文没有瑕疵,一定是中国人化名写的,但也研究下去为什么好端端的一个中国人,要用日本名?

新井一二三,是男的是女的也不知道。日本名字一二三,男女都可以用,不像什么郎、什么子,一看就分辨得出。但作者用的文字和语气,都相当阳刚,大家推测说是个日本报社的驻中国记者,一定是个男的。

是男是女,最好问《九十年代》的爷爷李怡兄。他卖个关子:"新井人不在香港,等有机会的时候,再介绍给各位认识。"

后来,新井果然来了,在《亚洲周刊》当全职记者。一次有人请客,李怡把新井带来,证实是位女的。

像罗展凤在《明报》副刊写她:新井有着日本女孩传统的娃娃脸蛋、清汤挂面,不施脂粉,简单服饰却又流露着一种说不出的

Charming（吸引力）……

新井并不漂亮。但是，试试看找一个会说流利中国话，又能用纯正中文写作的日本人给我看！

日本出名的汉学家很多，翻译不少中国文学巨著，但是叫他们用中文写作，数不出一两个。

"我叫一二三，是因为我是一月二十三日出生的。日文读起来不是音读的 Ichi, Ni, San，而是训读的 Hifumi。"新井大声地自我介绍，你要是和她交谈，便会发现她讲话是很大声的。

新井简单地叙述自己的生平：早稻田大学政治系毕业，中间学中国文学、政治和历史，后来公费到北京和广州修近代史。在《朝日新闻》当过记者，嫁去多伦多，六年之后离婚到香港来。

一九八四年邂逅李怡，李怡一直鼓励她以中文写作。她前后在《星岛》《信报》发表过多篇文章，终于出版了第一本中文书《鬼话连篇》。李怡说："我感到似乎比我自己出一本书还要高兴，甚至有一种难以形容的骄傲。"

"很少中国女作家有那么勇敢，肯把自己堕胎的经验赤裸裸写下来？"张敏仪说，"我想见她，是不是可以约一约？"

新井在《亚洲周刊》时，我曾经和她在工作上有些交往，有了她的电话号码，找到她。

新井对这位广播界的女强人也很感兴趣，欣然答应赴约。

我们去一家日本餐厅吃晚饭，大家相谈甚欢，也提起她加拿大前任丈夫的事。

"我以为他是一个思想开放的西洋男人,他以为我是一个柔顺体贴的东方女子,结果两者都失望。哈,哈,哈!"新井笑起来,和她讲话一样大声。

香烟一根接着一根,张敏仪不喜欢人家抽烟,面对新井和我,左一支,右一支,熏得眼泪直流,但也奈何不得我们。

天南地北,无所不谈,讲到文学,她们读过的许多世界名著,都是共同的。敏仪日文根底好,记忆力尤强,能只字不漏地朗诵许多诗词,这点是新井羡慕的。

她大声说:"如果我是中国人,便会像你一样吸收得更多。我虽然略懂中文,但是在诗词上的认识,总有不能意会的地方。"

"坏在我们太过含蓄,太过保守,不能像你们那么开放!"敏仪的声调也受新井影响,高了起来。

坐在旁边的客人转过头来看这两个高谈阔论的女子,令我想起南宋刘克庄的《一剪梅》:"束缊宵行十里强,挑得诗囊,抛了衣囊。天寒路滑马蹄僵,元是王郎,来送刘郎。酒酣耳热说文章,惊倒邻墙,推倒胡床。旁观拍手笑疏狂,疏又何妨,狂又何妨!"

敏仪酒量不如新井,一杯又一杯,当晚干了数十瓶日本清酒。

新井又谈起她的加拿大丈夫:"我们是用普通话对谈的,在广州认识,我当年才二十三岁,就糊里糊涂嫁给了他。离婚后才第一次和他讲英文。"

敏仪说:"不如单身的好,现在是什么世界?还谈什么嫁不嫁人?"

新井大力拍掌赞同。

家庭主妇一二三

新井一二三和我有不少共同的地方，两人都写散文，大家都可以用英日中三国语言书写，她流浪过的国家，我也走遍，唯有她介绍的日本，比我深刻得多。

另外有一个奇妙的缘分，我留学时住的新宿柏木，走在前面是大久保车站，向后走，就是新井小时候住的东中野，她家里开的朝日鮨寿司店我常光顾，也许当年在店里游玩的年幼的小女孩，就是她也说不定。

这次见面，她送了我两本中文书《你一定想知道的日本名词故事》和《我和中文谈恋爱》，中间提到的朋友，也有些是我认识的。缘分这件事，牵来牵去。

这本书的腰封，有我写的一句话："会说中国话的日本人不少，但能说能写，而且写得好的，只有罕见的新井一二三。"

该书的出版社要引用我的话，并没有征求过我的同意，我当然不在乎，而且感到十分荣幸。封面上有"樱祭""乌贼素面""文化祭""忘年会""隐家""节分""恶妻""御灵信仰""花见"等名词,内容更诸多描述,是研究日本文化极佳的参考书,相信很多读者都有兴趣,前作《你所不知道的日本名词故事》大卖,所以有了这本书。

正如序上所言,作者常有机会认识来日本暂居的外国人,很多是留学生、访问学者等,一般能操流利的日语,对日本文化的造诣也不算浅。然而,跟他们聊天,却不能不发觉,他们对日本生活的细节真实并不熟悉……

对的,文化之神宿在语言细节上,这句话是欧洲建筑家讲的。对细节的留意,新井和我一样,都有兴趣。我的写作数据源,都出于细节上,也许是因为我一直研究篆刻,想在方寸上找出变化。

新井的文笔写起来非常有趣,在《秋刀鱼皿》一篇之中,她描述的并非秋刀鱼,而是盛着它的盘子,就像世界著名的日本导演小津安二郎,生前最后一部作品叫《秋刀鱼之味》,其实影片里没有出现秋刀鱼,片名指的是家常便饭。

文章里也透露着新井的日常生活,她除了白天到明治大学教书,晚上写稿之外,还要照顾家庭的起居,得去买菜做饭,看到秋刀鱼的价格还是甚贵时,自言自语地说:"再等一会儿,量多价低了再买来吃也来得及。"可见一个家庭主妇处处保持俭省的行为,在日本,生活并不好过。

对盛着秋刀鱼的盘子,新井有仔细的描绘,形状一定是长方形,拿尺一量,尺寸有十一厘米宽,二十九厘米长。她家里的一种,就有所谓的"青海波"花纹,乃出自一种由三重扇形的无限反复来表现海浪景色的,从中国唐代传到日本的雅乐舞蹈"青海波",记录在世界最古老的长篇小说《源氏物语》里面。

从一个盘子,她能引述到历史,延伸到文化,都是别人做不到的细节上的观察,也纠正了"青海波"的名称跟中国青海省有关,其实这种图案源自波斯里海地区。更进一步,她研究了日本盘碟和西方的区别,日本人爱用多种不同形状的餐具:正方形、长方形、椭圆形、扇形、木叶形、半月形、葫芦形等等。一个人吃一顿饭加起来就很多种,为了有效地放在有限的空间里,最好是多用长方形碟子,比方说,头尾俱全、长达三十五厘米的秋刀鱼,如果放在直径三十五厘米的圆形盘子上,所占的面积是九百六十二平方厘米,但是用二十九厘米长、十一厘米宽的"秋刀鱼皿",只需要三百一十九平方厘米,连圆形的三分之一都不到,你看多合理。

一个碟子,研出那么多历史和学问,也亏得新井一二三写得出!

新井当今居住的国立,是东京都内的一个城市,因为周围大学多,也被称为文化都市,她先生是写神怪小说的,虽然先生出生在大阪一带的关西,而新井是地道的东京人,属于关东,为了和平共处,早已下了规定,从不干扰各自的生活习惯,对吃东西,也不说哪里的好吃,哪里的难吃,新井说:"只要双方妥协,生活还是过得圆满的。"

至于新井家经营的"朝日鮨",今天当然已不存在,记得是一间木造的建筑,横开了琉璃门后进入,有个寿司柜台,柜台上面是玻璃柜子，放着各种鱼生，而大厨则对着客人站立，客人点什么就拎什么出来，没有店长发办的 Omakase（无菜单料理），要是什么都有的，那么叫木漆大圆盘的，分松竹梅三个等级，价钱也由便宜到贵。还记得桌子前面有一水槽，上面有水管，水管有很多洞，不断地流出水来，客人都不用筷子，用手抓来吃，吃前用水管流出来的水洗洗手。

当然也看不到鲑鱼，新井和我对很多东西和事物看法是一样的，唯有鲑鱼不同，我是绝对不吃生的，但新井说一般的老百姓还是吃的，由日本人养殖，卫生上有保障，到百货公司或乡下寿司店，还摆在主要位子上，这也是在日本做家庭主妇形成的观点吧。

我不吃鲑鱼刺身，与新派和老派有关，与价钱无关，新派人吃，老派人不吃，我属于老派。

尼姑之言

在日本京都嵯峨野举行的《铁人料理》的节目中,我遇到了一个尼姑,八十多了,叫濑户内寂听,不觉她很老,也不觉她像尼姑。

她也是评判员之一,这个尼姑可真够忙,写小说、上电视、做法事,还在周刊上有个专栏。最近,读到她一篇关于"幸福人生"的论调,虽然也属老生常谈,但对了解日本人,又多一点认识,试译如下:

没有钱吗?什么时代,都有这个问题。

和我聊天的人,话题多数是和钱有关,什么被减薪啦,借钱还不了,被人追杀啦,只有死,用保险费来还啦等等。

走到这个地步,都是由想住更大的房子、要吃更贵的东西开始。这是人类的欲望,谁都有的,我们出家人说这是"烦恼"。对策只有"小欲知足"。欲望小了,烦恼就小了,仅此而已,很简单,别愈想愈复杂。

我们只要想想日本战败后,有多可怜!

当然经济转好了,崇拜了物质主义。当今的男女都要买名牌货,名牌要花钱，所以感到有钱才是幸福的。

我们没想过从前贫苦的生活，那时候的女人为了养家而出卖肉体，当今的为了买名牌而和人睡觉，就连学生也有"援助交际"这件事发生。

就算你有了钱，有了名牌，又如何？最近我的朋友一死，家里的人即刻闹抢家产的丑闻，做人做到那样，值得吗？

刚写了一本小说，主人翁是一个借高利贷的，他住皇宫式的屋子，花天酒地，后来投资失败，朋友家人都离他而去，想自杀。死前去了一个公园，看到笼里的猴子，反正快死，就把剩下的钱买花生给猴子吃，猴子吃完屁股朝着他走掉，他才发现人类根本和猴子差不多，都是忘恩负义，就不自杀了。所以钱没那么好用！

老尼濑户内寂听继续说：

有时想想，有钱可以买名牌，但买不到学问。就算你父母有关系，推你进一家名校去，你的事业一帆风顺，大公司都来请你。不过，最近的大公司也一间间倒掉呀！不倒的经费缩减，裁员多了，下一个可能轮到你。

我们做人要有信心才行。

而给你信心的，是你学到的东西，交到的朋友。这才是幸福。

什么？你已经忘记了幸福是怎么一回事儿了吗？你很快就知道幸福。当你生了病，就知道什么叫幸福。

老了怎么办？人都要老的，所以我们趁年轻一定要多学几门学问才行。像我，八十多岁了，还在每天忙着呀。

我也不是因为当今有了地位才说风凉话，我也知道对有些人来说，老了能够做些什么呢？其实老了也有很多事可以做呀，举一个例子，像去帮助更老的人，不就行吗？

老了整天在家里等死，那才是老，老了出来参加些社会活动，就不觉老。

像跳跳社交舞呀，像找人下下围棋呀，公园里有很多和你一样老的人，他们都乐意和你做朋友。

我认识的一些老太婆，出来做晨运，愈做愈年轻，还有些老头对她们有兴趣呢。

老婆死了的男人，最好是交个女朋友，家里反对是他们的事。只要你不跟那个女人结婚，我想家里人也不会出那么多声音。

女人也一样，虽然没有性生活，拉拉手也过瘾呀。

工作，爱情，或者说做个伴吧，也比待着什么事都不做好。

做事也不一定为别人，为了证明自己是存在的，也应该不停地做，做到扑街[①]为止。

[①] 扑街：源自粤语，正确的字是仆街，原本是横尸街头的意思，现用于指跌倒在马路上。

汤原老板娘

不知不觉,来了冈山县汤原的旅馆"八景",已七年。

有些人喜欢装修得高贵的温泉酒店,我却对这种乡村味的旅馆情有独钟,来到这里像回家,前来迎接的老板娘更给我亲切的感觉。

"我今年四十二岁了。"她说。

个子矮小,但面孔非常漂亮,团友们都叫她日本朱茵。

第一次见面,她三十五,艳丽夺目。当今看来,依然风情万种,一点也不觉老。

温泉旅馆一般的老板娘,日本人叫为"女大将"的,多为受聘者,汤原这位是真正的主人,家庭富裕,但就是爱上旅馆这一行,由建筑到管理都亲力亲为。

每年来总看到进步,屋顶多了一个露天浴室,房间翻新又翻新,但不失传统,充分表现祥和和宁静的气氛,是别的旅馆少有的。一点一滴的更新,可见老板娘的心血,全副精神都摆在这家旅馆里面。

到达后先去地下的大浴池浸一浸,这里的泉水无色无味,异常润滑,被誉为"横纲",温泉之冠军的意思。

室外的,在河的一旁,共有大热、中温和略凉三个池子,为男女共浴,日本已经少之又少,连北海道乡下的,也已经分为男女。

出发前,黎明在屋顶上的露天池中再浸一次,池子旁边竖着木牌和小网,由老板娘以美丽的书法写着:"泉水的舒适,昆虫飞蛾也迷恋,如果跌进池中,请心灵优秀的客人捞起,救它一命。"

女大将

汤原的温泉,被选为露天泉之横纲,冠军的意思。女大将,也就是老板娘,与我私交甚笃,样子比年轻的朱茵好看,每次见面,都是一种喜悦。

有些团友一下车,就迫不及待地跑到旅馆前的男女共浴池泡,虽说是酷暑,泉水又热,但面临着清澈见底的小溪,又有一阵阵凉风吹来,心旷神怡。

怕羞的在旅馆的大池浸,老板娘大概收入增多,把池子装修得焕然一新,还在池内安装两张石造的沙发,让客人躺着泡温泉。

三楼的家族风吕①还是老样子,可供情侣或一家人浸。其他的旅馆要另外收钱,这家人免费招待,但得预约时间,每次只能用一小时。

四楼的露天风吕也是新装修,特别有品位,一共有两个池。一个很小,像我们的浴缸,是用绿色的瓷器烧成,出水口用一只瓷青蛙吐

---

① 风吕:澡盆的意思。

水,不是个铁的现代化水喉①。

池边有个牌子,写着:"池小泡人小,如果遇到儿童,请让他们优先浸浸。店主上。"

另一个大池的杉木框又传来一阵阵木头的香味,顶上无盖,池旁又挂着一只铁网,牌上写着:"太舒服了,小虫和树叶都来浸,如果你看到了,请用网捞出来。店主上。"

日本旅馆传统上必有一位女大将掌管,她们有个联盟,每年开一次大会,把工作的甜酸苦辣写成文章出版成书,有文采的不少,平时喜欢在她们的旅馆中写几行字,可以观察到她们的性格和品位。

大餐后,老板娘请了一位女钢琴家兼歌手在大厅演奏,还以为是什么钢琴协奏一类的古典,弹出来的却是一些经典电影的主题曲,人人熟悉,又偶尔唱几句。钢琴家年龄和老板娘相若,据说是同学,见她们相聚,感叹命运不同,各走人生路,唏嘘一番。

---

① 水喉:水龙头。

日子摇晃，思念叮当响

想念健成兄，想念他的菜，我闭上眼也能如数家珍，先来一碟皮蛋，是二十八天前做的，才有溏心。

希邦兄

我有一位好友，叫曾希邦。大我十几岁，一直以"希邦兄"称呼，听起来像是帮凶，有点滑稽。他的英文名译成 Tsang Shih Bong，叫起来像法国小调 C'est Si Bon，他也常叫自己 Si Bon-Si Bon，"很好，很好"的意思。

初见希邦兄，是当年他也在我父亲任职的邵氏新加坡分公司上班，做的是翻译工作，如果说中英文的造诣，希邦兄是新加坡数一数二的人物。

后来他被报馆请去当副刊编辑，我还在中学，用了一个笔名，胆粗粗地投稿，被选用了数篇散文，拿了稿费就到酒吧去作乐。遇到了希邦兄，他惊奇：想不到是你这个小子。从此来往就更多。

一天，他告诉我要结婚了，请我去喝喜酒，记得新娘子非常之漂亮，喝得大醉，上前求吻。

隔了一晚，他太太跑了，后来才知道这是小说中才出现的剧情：她的情人江湖气很重，说不跟他走的话，会杀死希邦兄。当然，那时候他是不知情的,造成的感情伤害,多过失去生命。

从此在夜总会和舞厅中更常碰到他,为了避免谈起此事,我向他聊起其他事。当时我的影评写得愈来愈多,有个电影版,要我去当编辑。我哪知道怎么编?就一直求他教我,希邦兄从排版的"一二三"细心地指导,第一版出现了,与其说是我编的,其实完全是希邦兄的功劳。

那时候,我又与几个好友搞摄影,见他愁眉不展,劝他一起玩。这一次,玩得兴起,在他的公寓中开了一个黑房,我们一起冲洗菲林,买 Hypo(海报)定影液印照片。定影液要保持温度,新加坡天热,只有放进雪柜,他的不够大,我们各人都贮藏在自己家里的冰箱中,友人的父亲半夜找饮品喝,差点毒死。

到了出国留学的年代,希邦兄与我的书信不绝。隔了数年,知道他在亲友的安排下相亲,娶了现在的太太,是位贤淑的女士,后来还为他生了两个可爱的女儿,大女生下后要取名字,希邦兄一向不从俗,就给她取了一个单名,叫燎,燎原之火的燎,加上姓曾,更有意义。

多年的报馆生涯之中,他翻译的外电稿,文字简单准确,所取之标题,也字字珠玑,并非当今报纸的水平可以追得上的。

不过,希邦兄的性格也疾恶如仇,当时有个不学无术的总编要改他标题的一个字,闹得希邦兄与他差点大打出手,结果当然是被辞退了。希邦兄想起此事,说找不到其他工作,差点饿死。

上苍没有忘记照顾有学问的人,这些年来希邦兄不断地著作,写了《黑白集》《蓝蝴蝶》《消磨在戏院里》《浪淘沙》等散文集和小说。退休后,又有舞台剧《夕阳无限好》,翻译作品有《和摩利在一起》《古诗英译十九首》和《郑板桥家书》等等。最后一本,由天地图书出版,叫《拾荒》。

希邦又对书法有浓厚的兴趣,以他的字迹来看,受颜真卿影响颇深,他说过颜鲁公的《争座位帖》,是集合了行草楷的大全,为登峰造极之作,如果大家觉得颜体只是招牌字,那就大错特错了。

我四十岁时,有幸拜冯康侯先生为师,知道希邦对书法的喜爱,我将向冯老师学到的一点一滴,用毛笔在宣纸上写信向他报告,一方面多一个人讨论,一方面写了一遍,对书法的认识印象更深。

那么多年来,我一去新加坡,必定和希邦兄促膝长谈,说起我在《明报》和《东方》的副刊上开了专栏,两家报纸的题材,想起来颇为辛苦。

希邦兄即刻把我从前写给他的信寄了给我,好几大箱,加上家父的书信来往,我得到了两个宝藏,题材滔滔不绝,再也不愁写不出东西来。

时间一跳,来到希邦兄的晚年,两个女儿亭亭玉立,家庭生活也颇为温暖。以希邦兄的个性,要交朋友不易,虽说也有数位敬佩他学问的人来往,究竟老了,也有觉得孤寂的时候。

这四五年来,我学了上微博,每天利用一些本来浪费掉的空间,比如早起思想模糊,看到电视新闻时的广告,我都利用来解答网友们的问题，玩得不亦乐乎，粉丝也增加至八百多万人。

我极力推荐希邦兄也上微博，起初他还有点抗拒，后来他说当自己是老舍《茶馆》中的一名客人，自言自语，试试看吧。

每天，他发表三条微博，讲翻译、谈人生。微博也不全是一般人士参与，其中做学问的颇多，也都渐渐喜爱上希邦兄的文字，他叫我为他在微博上取个名字，我说他就像一位古时代的老师，无所不懂，就叫"老曾私塾"吧。

这几年来，我看他的身体逐渐转差，好像知道时间已不多了，就鼓励他一起去旅行，两老到了槟城，专程去见一位每天和他交谈的网友，聊得高兴。

终于，由他女儿传来的消息，说他在我生日八月十八号那天逝世。我人在南美，赶不及去拜祭，在前几天，我又在微博上发了一段消息，说我要去新加坡，将代各位喜欢和敬仰他的网友们，在曾希邦先生坟上上一炷香。

相信在下面的希邦兄，看到那么多人都怀念他，也会微笑一下吧。

悼陈道恩医师

十年前肩周炎发作,痛不欲生时,遇到陈道恩先生,他说:"我替你针针看。"

一针即好,我当他是神仙。

之前,我们的交情不错,他常烧几道拿手菜给我吃。医好后,我知道他本来是一家工厂的厂长,已经退休,问他有没有兴趣搞些什么,结果大家合伙开了一家面档,后来又改变成小炒店,是"粗菜馆"的前身。

在针灸上的才华埋没了可惜,我鼓励他出来行医,就在香港九龙城开了一间医馆,不过持久和严重的毛病我不敢保证,但是对五十肩[①]则一定医得好,因为我自己试过。

医好的人无数,患者排长龙,陈医生忙得连礼拜天也不好意思拒绝。一天,深夜来了一个电话,说陈先生进了伊利沙伯医院,我乘车

---

① 五十肩:肩周炎。

赶去，他已躺在急救室中。

原来是爆了脑血管，发现时已迟。据医生说已经大量出血，不能动手术，就算安定下来，开刀后恢复正常的可能性也不多。冥冥之中，陈医生好像也听到了，安详离去。

陈太太是一位极为娴淑的女性，一直照顾着家庭和养大三男一女，在医院中看到了我，第一个问题是："明天病人约好了，怎么办？"

"叫人贴张字条，说有急事，改天再来，这些事不要担心。"我只有这么说。

葬礼定在十月二十三日设灵，二十四日出殡。陈道恩先生，今年六十五岁，以基督教式行礼。

参加了我的旅行团，我们吃吃喝喝，现在想起，不过是昨天的事。亲友们的离去，教训我们：人生无常，凡事不必太过执着，看开一点。如果连这一点也不懂，还那么斤斤计较，那么一朝死了，也不值得惋惜。

怀念刘幼林

刘幼林的父亲曾是一位将军,不随世俗,娶了俄罗斯芭蕾舞娘为妻,生下两个儿子,也不从中间名字分辈分,把哥哥叫为刘大林,弟弟刘幼林。

混血儿的两兄弟,长得一点也不像,大林是一个一百巴仙的中国人样子,但一对眼睛是绿色的;幼林十足白人样子,但有一对黑色的眼睛。

当年香港还有开电梯的小厮,看到洋人肃然起敬,问幼林:"哪一层呀,先生? Which Floor, Sir?"

回头见到大林,狗眼看人低地:"喂,几楼?"

年轻时的大林与幼林,都长得英俊,哥哥像邵氏公司的男主角,弟弟像米哥·坚。

在京都举行的亚洲影展邂逅刘大林,他是香港来的评审员,而我的身份为新加坡评审员。

我们私底下很谈得来,从各国文学聊到对香港电影的抱负,饮酒至天明。

影展闭幕，刘大林返港之前说："父母去世得早，我只有个弟弟是美联社的特派员，将会来东京工作，你已经是老日本通了，请你替我照顾一下。"

这一照顾，照顾了几十年。

我和刘幼林（别人都用英文名字叫他做 Bob Liu 的）一个星期至少见面三四次，大家都年轻，大家都是酒豪，两人一喝，一点四公升的清酒一大瓶，红牌威士忌 Suntury Red 一瓶，加上啤酒两打，是等闲事。

当年他新婚，太太是位中华航空 Cat 的空姐，身高一米七，用美艳二字形容，绝不夸张。

他们在佐佐木街角的一座大厦租了间很大的房子，记得楼下有家出名的中国人开的西餐店。我则住佐佐木的小公寓，同是新宿区，来往方便，经常一起四处找好的东西吃。偶尔，我也约了日本女演员和歌星到他家做菜。

"他这个人煮咖喱，一烧就是七种不同的。"刘幼林在多年后还记得，遇到新朋友，就那么介绍我。

这种生活，一眨眼就是四年，幼林被调回纽约的美联社总公司，我则去了台湾从事制片工作，依依不舍道别。

过了好久，我在香港定居，入住清水湾的邵氏影城宿舍，命运安排刘幼林也来香港，当了美联社东南亚区社长，掌管香港、内地（大陆）和台湾地区的新闻发派。

这时他独身，问起了，他说："我对她一直很好，怎么搞到这个下场？"

为什么悲伤？喝酒去！我们又是每星期见三四次面，多数在希尔顿和喜来登的酒吧，也是凯悦 Chin Chin Bar 的常客，在我家喝到天明才去上班的日子无数，空瓶摆在走廊外，收垃圾的问："你们天天开派对？"

闲时，我教刘幼林打麻将，他一下子学精，其他人都惊叹，向我说："你可以带他去麻雀馆[①]当职业赌徒。"

上环巷子里有档卖炖品的，我吃什么他吃什么，炖猪脑，炖梧州鳖，他照吃。有一次我听人家说大笪地有家卖凉茶的，很有效。我去试试，凉茶已苦，那位老太太还拼命加药散，我喝了，刘幼林也喝，味道古怪透顶，他还眉头也不皱，老太太看了说："这个人，你叫他喝毒药，他也会死给你看。"

张艾嘉清新可喜，来邵氏拍李翰祥的《红楼梦》，演黛玉。她从小就读美国学校，英语顶呱呱，介绍给刘幼林认识，两人鸡啄不停，刘幼林好像和台湾女子特别有缘，张艾嘉成为他第二任太太。

他们在港岛干德道十号租了间大公寓当新居，和杨凡常去搓麻将，遇到长假期，打个三天三夜，张艾嘉脸上妆都剥脱了，还照打不

---

① 麻雀馆：麻将馆。

误,记忆犹新。

几经风雨,也不想知道来龙去脉,数年后,又有一天,刘幼林向我说:"我对她一直很好,为什么搞到这个下场?"

记得在日本时,我监制了第一部电影,为了节省成本,把所有朋友都抓去当演员,刘幼林扮一个医生,只有一句对白,向女主角丁红说:"你已经有了身孕。"

那时,导演嫌刘幼林太年轻,叫人把他的头发染白。离婚后的他,双鬓斑斑,已不必化妆了。

又拉他去喝酒,希尔顿已拆除,多数约在君悦的香槟吧,一杯又一杯,刘幼林的酒量还是那么惊人,除了威士忌白兰地之外,还爱上了中国白酒,茅台一瓶灌下,面不改色。

寡欢的他,终于有一个犹太女人在他身边出现。当时有个沙龙香烟的广告,拍旷野泉水,一片清澈,是刘幼林向往的。私底下,他并不是一个爱在大城市生活的人,和这个犹太女人第三次结了婚,工作也退休了,回到美国夏威夷定居。

广告与现实生活有一段距离,刘幼林在白沙碧海的安稳日子并不好过,与我的电邮通信时常提起想找点事来做,我也不晓得怎么安排,只知道他的文笔奇佳,如果有什么富商要写英文传记,他倒是一个适合的人选。

今晚独自喝酒,怀念起这位老友,举起笔来……

悼甘健成兄

我们那辈,不管年纪大小,总以某某兄称呼对方,我一向叫镛记老板甘健成为健成兄,连店里的伙计也那么称呼他。

做了国际闻名的餐厅老板,当然有个老板样,健成兄比我小几岁,样子则稳重得多,我也以他为长辈敬之。两人之交数十年,在二〇〇一年五月二日的《壹周刊》中写过一篇他的事迹,叫《烧鹅先生》,苏美璐做的插图,有健成兄父亲甘穗辉的肖像,颇为传神,健成兄表示很欣赏那幅画。

老先生去世后,我千方百计找回原图,镶好镜框后双手送上,健成兄颇感动,把画挂在老先生生前喜欢坐的那张桌子旁边,以示纪念。

而今连健成兄也走了,我再为文追悼,盼苏美璐另作一画,镛记后人有良知的话,应当再挂于壁上。

丧礼在香港殡仪馆的大堂举行,董建华、曾荫权的花圈送到,其他好友的,摆满礼堂,排到街外,可见健成兄的人缘之广。

老伙计们安排我扶灵,当然不回绝,要我在灵前说几句话,我脑海极为混乱,都是健成兄与我之交的点点滴滴,就从他的愿望开始吧。

有了家庭纠纷之后,健成兄第一个找我商量,说不足为外人道,一直流泪。我拍拍他的肩膀,建议不如和我一齐环游世界一周,到处欣赏美食,忘掉不愉快的事。

健成兄点头答应,但他继续每天亲自招呼客人,我想,基本上他是一个很爱人类的长者,只有在食客当中找到欢乐,才有那么多人惦记着他吧?

另一愿望是在海外开镛记分店,有一外资机构在上海滩最好的地点,想请他过去。为了此事,也和健成兄走了一趟上海,公事之余,我们到每一家我喜欢的餐厅找东西吃。

健成兄是一位真正懂得美食之人,比起他,我们这些所谓的食客,简直微不足道。他对于每种食材都做很深入的研究,并熟悉古今做法,我做电视节目时与他多番讨论,并一一记录,留下给后代的有心人作为参考。

单单是一道红豆沙,镛记的仓库中每年都得囤积数十公斤陈皮,一年复一年地收集,才不至于断货。店里的红豆沙有了这些陈皮,卖出名堂,传说一碗卖五百港币,事实上,只卖几十元。我去了,他由办公室中取出不知年的陈皮,笑说如果用这些,何止五百。

我们由烧鹅的制作开始录像,所有过程拍得清清楚楚,大家都可以仿效,但是所用之炭,须来自马来西亚的"二坡",火力猛烈方能烧出原味。这些细节,能做到的话,就可由一个小小的大排档,做到建立一栋大厦，当然由老先生指导，但健成兄的功绩是有目共睹的。

由烧鹅发展出的全鹅宴，有皇帝吃的鹅脑冻，还有鹅髻羹也是罕见的。再有全猪宴，由我们共同将《随园食单》的"云雾肉"重现出来。另有金庸小说内的"二十四桥明月夜"，整只火腿挖出二十四个洞来填豆腐蒸出。

健成兄不但厨艺了得，文章也有一手，他以半古文的著作，集于《镛楼甘馔录》和《镛记名菜食谱》中。他收藏有许多前人的饮食著作，有何不明者即刻查阅，我们常向他讨教，堪称亦师亦友。

电视节目中，我们又记录了失传的名菜"龙趸皮炒龙虾""米饭焗烧肉"等等，还有他拿手的"唇夹翅"。

也不只是名贵的食材才能做出好菜，"桂花炒津丝"其实是将最便宜的鸡蛋炒成一粒粒桂花的形状，加上最家常的粉丝。

吃喝并不一定是贵的，说到喝酒，健成兄和所谓酒徒一样，到了最后还是喜欢威士忌，饮的也不是什么名贵的品牌，只是最普通的 The Famous Grouse（著名松鸡），因为招牌上有一只小鸟，给健成兄叫作"雀仔威"，出了名堂。

有次将我们喝"雀仔威"的事写成文章，说一瓶只有一百多港币，报馆编辑一定要把我写的一百元，改成一万多，说有什么理由他们两人喝一百多一瓶的酒呢？

想念健成兄，想念他的菜，我闭上眼也能如数家珍，先来一碟皮蛋，是二十八天前做的，才有溏心。其他有"礼云子蒸蛋清""清凉牛肉""金镶豆腐""羊头蹄汤"等等等等,还不能忘记店里的人为他做的"太子捞面"。说到面,有很多食客忽略的是镛记的云吞面,面条弹牙,云吞包得有金鱼尾,原汁原味,但被烧鹅盖过,少人提及。

后期,在闲聊时,我们都说当今食材大量生产,或人工养殖,已愈来愈不像话,人们的性情贪婪的居多,这世界怎么变得如此?唉,还是健成兄好福气,菜不再做给俗人吃,到西方去,做给仙人吃。

悼罗烈

从外地回来，惊闻罗烈因心脏病去世。

电影圈中，罗烈和午马是我最早认识的两位演员。当年张彻还未当导演，他们跟着张彻四处跑，自己没钱，骗饮骗食。

罗烈是印度尼西亚华侨，操一口闽南语，和我用福建方言交谈，感情更接近。

他是南国实验剧团第三期学生，比岳华、郑佩佩低一班，十几岁来香港，原名王立达。王羽从不称他艺名，一直王立达王立达地叫他。

第一次遇见他时，就注意到他有不停眨眼睛、挤鼻子的坏习惯，也许是本身控制不了脸部神经。这种人怎能当明星？哈，当他听到导演叫Camera，说也奇怪，眼睛不眨了，鼻子也不抽筋了，大侠一名。

罗烈并非运动健将，但就是一身钢铁般坚硬的肌肉，许多年纪大的电影人士摸了一下，都说宁愿少活二十年，和他交换那强壮的体格。

我只有一次看他垮掉，那是在一九七〇年拍《龙虎斗》的雪山外景时，他在韩国晚晚笙歌。和王羽决斗那场戏，他大叫一声冲上，双雄未交手之前，他已跪在雪地中，惹得王羽和当副导演的吴思远大笑不已。

邵氏当年拍的打斗片，故事多采用日本电影，英雄石原裕次郎或小林旭之身旁，总出现一个亦忠亦奸的人物，通常是由一个叫穴户锭的演员扮演的。罗烈在戏中的角色，多数是这种人，他也不介意演大反派，有戏开就是。导演说什么他就做什么，这是他的口头禅。

留给观众最深印象的片子之一，是他后期拍许鞍华的《胡越的故事》，演一个酗酒的杀手，裤子后袋中藏了一个扁扁的锡制酒壶，不断拿出来喝，而且说最喜欢饮孖蒸①。

我问，孖蒸怎么醉人？那一小瓶又算得了什么？为什么不提点不喝酒的许鞍华？罗烈笑嘻嘻："导演要我做什么就做什么。"

《天下第一拳》打开了动作片的国际市场，当主角的罗烈当然大红大紫。

其他演员一出名就违约往外接戏，但罗烈没这么做，和邵氏的宾主关系维持得很好。邵氏也通情达理让他到台湾赚一笔，有戏时一叫，他就回来拍。

七十年代中，有罗烈这个名字片子就能大卖。主演的是多少，客串的又是多少。罗烈有戏就接，他怕麻烦，说一天一万港币可也，创造一天一万的演员，罗烈是第一个。

---

① 孖蒸，即双蒸酒，也就是发酵、蒸馏过两次的酒。

在一九七七年，罗烈拍了三十一部电影，是许多演员一生也拍不到的数目。

因为主演的卖得比客串高，台湾制片人付一万港币请了罗烈一天。拍一天戏怎么当主角？请听我细说：罗烈在戏中全家被杀，他大声发誓报仇，说完把脸罩一罩，替身为他拍完全片，在同一天内，罗烈又拍了一个杀死全部敌人之后脱下面罩的特写，大叫"此生痛快也"。

罗烈在一九七三年组织罗氏公司，用唐嘉丽当女主角，后来成为他的妻子，我和他们两人住在同一栋邵氏宿舍，交情甚笃，又多次去泰国和马来西亚拍外景，常饮酒作乐。戏接得太滥，总有低沉下来的一天，后来听说他在深圳住，经济状况不好。托友人打听，想去援助时，又有消息传来说他开演员训练班和桑拿夜总会，日子还过得去，就此作罢。

晚年之中，他也在亚视拍过很多片集，有次在广播道遇见他，觉得他比以前瘦得多，整个身体好像小了几个码。

那天报纸上还登了一张他年轻时的黑白照片，情态忧郁，作愤世嫉俗状。当年的男主角都有这么一张照片。当演员就有那么一个好处，巅峰时期的形象永远留在观众脑里。听说邵氏片子将出光盘和录像带，其中罗烈出现得不少，拭目以待。

莎菲姐

报上传来欧阳莎菲在美国病逝的消息,闻后甚怅。

生于一九二四年九月九日,本名钱舜英,江苏吴县人,十四岁到上海惠罗公司当店员,十六岁考入金星影业演员训练班,成为最小的学生,十七岁就拍《春水情波》。

抗战胜利后,主演屠光启导演的《天字第一号》,红遍全国,嫁给了他。后来交上有妇之夫洪叔云,造成婚变。

六十年代在港签为邵氏基本演员,转为老角。一九七九年在美国和屠光启再度结婚,八十年代初到台湾拍电视剧,最后又回到美国去。

在东方,一代巨星并不受尊重,没有像外国一样,一出场就有全体起立敬礼的厚待,她在邵氏片厂的那几年,甚为低调,不太出声。

我们到底是传统教育中长大的,当然对这些前辈毕恭毕敬,一直以莎菲姐称呼,她心中有数,点头称许。

合作了一部《齐人乐》和《女子公寓》,我当年甚感工作的压力,忙得团团乱转,也没有好好坐下和莎菲姐长谈,至今后悔。

只记得闲时大家聊了几句，莎菲姐用的是名副其实的吴语，非常温柔，讲话时有种慢吞吞、风情万种的感觉，好听极了。

莎菲姐坦白可爱，有什么说什么。谈起了屠光启，她说那个死鬼，不提也罢，反正不是我错在先。淡淡几句，说明是因为屠光启在外胡搅。

电影圈盛传的是，有一奇女子，大家心照不宣，但指的是莎菲姐，连李翰祥也这么说。

我听到了十分反感："你们这些人又没亲自看到，胡说些什么！"

到了我这个年龄，有何避忌？如果回到当时，必然亲自问她，相信以莎菲姐豁达的个性，也会给我一个答案，或是掀起上衣示之也说不定，但绝不带淫意。

若确定了，我也不会公之于世。让这个谜，和莎菲姐一起，葬于加州。

二位长眠了的淑女

淑女,并不一定指年轻的女子。我认识的二位,老得不能再老,但在我心目中,永远是淑女。

我在日本学电影时,最大的得益是看到所有的法国与日本导演的经典精华。法日两国文化交流,各寄一百多套电影给对方。我在"近代美术馆"看完了法国的,再看寄回来的日本片。近一年时间,每天风雨不改地看片,加深我对电影的认识。

促成这件盛事的是川喜多夫人,她答应了法国电影图书馆的提案后就去各日本电影公司收集。五间大公司之中,人缘最差的是"大映"的老板永田雅一。和所有的人都过不去。川喜多夫人的丈夫所创立的东和公司和东宝合并,更属于敌方,但她低声下气地跑去求永田雅一,请他捐出"大映"旧作,永田受她的热诚感动,交出拷贝来,这个收集才齐全。

上映的日本片中,包括了当年还在国际寂寂无闻的小津安二郎、成濑巳喜男、沟口健二等,更有我喜爱的冷门导演伊丹万作,他是伊丹十三的父亲。

这都是川喜多夫人努力的成果。她和先生川喜多长政很爱香港，对大闸蟹尤其有兴趣，每年到了秋天必来一次，我们常在天香楼相聚。川喜多夫人长得矮矮胖胖，衣着一直是非常整齐，更深爱穿和服，面孔非常慈祥。

招呼川喜多夫人，我无微不至。她一直不知道是为了什么，在公在私，我们的交往不深，不必付出那么多，她常向人说："蔡澜真是好人。"

其实，很简单，我很佩服她对日本导演的栽培，也让我有机会看到那么多名著，仅此而已。但我也从来不为此事向她解释，我和她的女儿川喜多和子又是好朋友。她嫁过伊丹十三，后来离婚，再和我们共同认识的柴田结婚。

为了保存日本电影，川喜多夫人把私人财产拿了出来，"近代美术馆"刚成立时才有百多部片子，而法国的电影图书馆已有六万部，当今，日本的也存了四万套电影。

川喜多夫人还是迷你戏院的原创者，她说服丈夫，成立了"ATG艺术剧院协会戏院"，二百个座位左右，专放一些外国艺术片，像印度萨蒂亚吉特·雷伊的《大地之歌》、意大利费里尼的《八部半》和法国阿伦·雷奈的《去年在马伦巴》等等。一群爱好艺术电影的影迷麇集，钱不花在宣传费上，也做得有声有色。当年都是大戏院，坐一两千人，行内起初都当迷你戏院是笑话，后来才发现可以生存。在今天,更成为天下电影院的主流。

除了发行外国片,ATG更以小成本制作前卫电影,造就了羽仁进、大岛渚、筱田正浩、寺山修司、冈田喜八、新藤兼人等等新人。

如今,川喜多长政、女儿和夫人三人都已去世,但川喜多这一家族的往事,在国际电影圈中一直流传,法国电影图书馆的局长亚伦兰哥华更赞川喜多夫人说:"这是一位毫无利己心的淑女。"

我曾经提过一位已经一百岁的酒吧妈妈生。

某天,我又去她的酒吧"Gilbey A",走进门,看到柜台上摆了一个镜柜,有她一张彩色照片,样子端庄和蔼,我已知道发生了什么事。

"去年逝世的。"酒吧经理说,"活了一百零一岁。"

"不是说过吗,她一死,这间酒吧就做不下去了,怎么还开着?"我问。

经理回答:"老客人要求她的儿子继续做下去。"

"儿子是做什么的?"

"普通的白领,对喝酒一点兴趣也没有,不常来,几个月都看不到他一次,他说妈妈留下的财产也足够经营,就让这间酒吧一直开下去,等到全部花完的一天才关掉吧,但是客人不断上门,还有钱赚呢,我想可以开到我也死去为止吧。"经理说。

"你跟了她多少年?"

"三十几年了,和她一比,我做这一行,不算很久。妈妈生说过,一种行业,不管是做护士或秘书,只要终生努力,做得最好,就是一个成就，做酒吧也是一样的，我永远记得这句话。"

"死得不痛苦吧？"

经理娓娓道来："起初已是不舒服了，打电话来说要迟到一点，这么多年来她一直很准时，八点钟一定到店里来，所以我们都感到不妥了。后来见她勉强出现，但是把头伏在柜台上休息。听到客人的欢笑，她又兴奋起来，和平时一样，像一点病也没有。有些从乡下来的客人要求和她合照，更是四处走动，最后才支持不住坐了下来，我一直劝她进医院，她不肯。她说过：'我一进医院就会死的。'看她的脸色愈来愈不对，我只有把她的儿子叫来，她还是说只肯回家。坐上的士时，已经昏迷，送进医院，一个星期后去世了。我心中知道，她不肯走，是想，要死也要死在酒吧里，这到底是她最喜欢的地方。"

把这两位淑女的故事说给友人听，大家唏嘘不已，都说在她们活着时没有机会见面，是多么可惜的事。

这世间，有很多坏蛋，死后给人加油加醋，变得面目可憎，讨厌到极点。反观这些值得歌颂的人物，死去愈久，传奇性更为丰富，不是发生在他们身上的美谈，都贡献了进去。见不见到本人，已不是重要的了。

送殡

门外已经有一条长龙,用铁马分隔着,人群打着蛇饼,一圈又一圈地耐心等待。

我们相识三十多年了,由邵氏出来之后,前途渺茫,在亚皆老街的一座大厦中找到小公寓住下,记得邻居还有缪骞人的姐姐和在片厂里当助手的张之亮,而我们最爱找的,就是这位老朋友。

室内挤满了客人,都是想在这里找回从前的记忆,无人喧哗,冷静地期待,因为大家知道,今天过后,再也找不回来了。

自从八月底,看到了店里贴了一张红纸,写着:"本店定于二〇一五年九月十五日结束营业,多年承蒙各方好友左右邻里捧场支持,本店同仁深表谢意"以来,凭吊的客人不绝,老板和伙记做到手软。

是的,说的是"夏铭记"这家店,大吉利是,店主好好地在里面煮面,忙得没有停过。

瘦小的夏藩铭,有一老伴,他亲昵地叫她的乳名秀卿,是位贤内助,样子有如富贵荣华的家庭主妇,但也日夜看守在店里,从来没有埋怨过一句。

再次走进店里,看到多年来我对这家老铺的宣扬,墙上还贴着我为该店写的介绍,另有一幅字,我题着:"夏铭记我至爱",还有一块铜牌,是我在数十年前做来送给我喜欢的店铺,写着"蔡澜推荐"四个大字。

夏铭记的鱼饼做得全城最好,每天下午四点钟左右就热滚滚地炸好,一条条好大,布满一盘,切个半条买回家,就那么吃,什么都不必蘸,咸淡恰好,咬了一口,满嘴甜味,是仙人用来送酒的食物。

怎么做的呢?有回跟着夏藩铭到菜市场里,他选了一条巨大的黄鳝鱼,要双手捧着才拎得起,让记者拍照,整条鱼金黄颜色,美到可以放进水族馆的鱼缸里。

除了门鳝,还加九棍、宝刀、马鲛几种杂鱼,打出来的鱼浆味道才错综复杂,近乎完美。剁出来的肉做成鱼饼和鱼丸,还有薄薄的鱼片,用来包鱼饺。剩下的鱼皮,拿去炸了,爽脆无比,用来佐酒,比什么薯仔片或虾片,也要高级出数百倍来。

若嫌酱油和醋不够味道,店里做的"自制原油辣椒酱"也是独一无二的。一家面店是广州人做的,或是潮州人做的,就是看这种辣酱了,前者用"余君益"牌的带酸辣酱,后者是这种又香又辣的油。

是的,夏铭记做的是潮州派的面,一般是要比广州人的硬,但夏铭记例外,没有这种毛病,软硬适中,我们这种面痴一试就知分别。

店里除了鱼蛋、鱼片面,牛腩牛杂也做得奇佳,最吸引我的,是那碗"四宝",有鱼丸、鱼饼、鱼饺和猪肉丸,猪肉丸做得弹性十足,味道也好,比得上台湾新竹的贡丸。

四宝上桌,先喝一口汤,你就会发觉潮州人爱放芫荽、葱和天津冬菜,四宝之中,还加了大量的紫菜,潮州人做的,在劣等店里会吃到沙,但夏铭记绝对没有这种毛病。

喝汤时,还可以把刚炸好的鱼皮放进去,即刻变软,但是炸后的香味和口感尚在,又是欣赏鱼皮的另一类吃法,试过就知不同。

最初的店开在胜利道上,后来街中又开了一间热门的鸡饭店,周围铺子开始无理地加租,夏铭记也被迫搬到较便宜的新填地骏发花园的一个小铺位里。

不久,又听说在另一区开了一家夏铭记的分店,是老板的儿子经营,即刻找上门捧场,发现水平不如父亲,虽然说制品是一样的,但过了不久,也就结业。

在报纸上看到老店也不做的消息,今天专程驱车前去,见夏先生不理店生意多好,自己专心在面档后面,头也没时间抬起,我本来不想打扰他,但店里的人告诉他我来了,就放下围裙,追了出来,和我聊了几句。

"老客人知道吃不到鱼饼鱼丸,也就买辣椒油,一买就八百罐,我多忙,也会做给他们。"

"做了那么多年了,享享清福也好。"我说。

夏先生有点感慨:"到底是七十八岁了。"

"当今这种年代,其实八九十也不算老。儿子不肯接班吗?"

"没心去做,是做不好的。"他摇头,"另一个主要的原因,是好的鱼买不到了,你上次跟我到市场去看到的门鳝,从前不值钱,现在不论多贵,再给也没有,都吃到绝种了,没有好食材,神仙也救不了,再坚持也没有用。"

"夏铭记这块招牌,卖给人也最少值几十万。"

"算了,带进棺材吧。"他说。

从前大人和老师都说骄傲不是好事,我在他脸上看到的,是早一代人的那种自豪,就算说骄傲,也是应该的。

葬礼上

返港,赶上赴"镛记酒家"创办人甘穗辉先生的葬礼。

家族谢礼时见子孙加夫婿,已有六十多人,主持葬礼的甘健成兄和我最熟,我们两人曾创金庸先生小说中的"二十四桥明月夜"菜谱,用电钻在火腿中挖二十四个洞,加豆腐进去蒸。

见健成兄忙了一整天了,一口烟的时间也没有,招他过来,拿出小雪茄:"抽这个吧,比较浓,可顶住几根香烟。"

吸了一口,又有亲友到,鞠躬去也,再回来时,我问:"几岁走的?"

"九十三,加天地人,九十六了。"他说,"去前还抽烟呢。"

"有些人的体质不同嘛,"我说,"我父亲也是抽到九十岁,加天地人,九十三。"

"这里完毕后,灵柩车回老家走一走,再到镛记一趟,才去火化。酒家不能停下来,有许多伙计赶不到殡仪馆,让他们拜一拜。"

"外国人的话,早就休息几天。"我说。

甘健成兄苦笑一下："老人家走前还吩咐，伤心的话，只准在家里哭，回到店更不可以苦头苦脸呢。"

又有人拜祭，我向甘健成兄说我先走了，他点头谢礼。

想起老先生爱吃腐乳，但年事高不健康，有位老友是做腐乳师傅，专为他做不咸的，我偷吃过几块，又香又滑。当今师傅亦老矣，应该退休，这腐乳从此成为绝响。

陈厚

拍《女校春色》《裸尸痕》和《海外情歌》时,和陈厚做了好朋友,混熟了之后,忍不住问他:"很多影迷都说乐蒂的自杀,是你害的,因为你是一个花花公子,这个结也一直打在我心上,你可不可以为我解开?"

陈厚叹了一口气:"我从来没有向人提起过,乐蒂的个性像林黛玉,总是怨别人对她不好,我当然也不好,但不会做出伤害她的事。"

细节我也没有追问了,也不需要追问,都是成年的男女,之间有他们的隐私,外人不明白,也不会明白,说来干什么呢?

当一个演员,陈厚是无懈可击的,他总会演绎出导演们的要求,加上自己想表达的方式,与导演商讨之后把角色演得完美。

但对井上梅次、岛耕二等日本人,话又不通,如何表达?陈厚会把一场戏用三至四种不同的表演做出来给导演看,让他们选了一种,再加以发挥,岛耕二曾经对我说过:"这么灵活又优秀的演员,在日本也找不到第二个。"

在拍《海外情歌》之时，陈厚已得癌症，但很痛楚也不告诉我，在船上一直和我谈笑风生，有时又扮起马克·安东尼，背诵他的演讲。他说得一口好牛津英语，看的英国文学众多，对莎翁的对白，更是熟练，毕业于上海圣芳济的他，是位知识分子，平时最爱旅行和读书。

我问他为什么要那么表演给导演看，他回答："我不知道导演心里想些什么，所以只有用几种不同的方式来试探，也许他们想把整部戏弄得疯狂夸张，也许他们要的是压抑住的幽默，并不是每一个导演看完剧本就知道他们心目中要的是什么。"

在没有他戏份时，陈厚也是西装笔挺地坐在旁边看别人怎么演。他当年也红极一时，但永远不摆一副明星相。我们的船开到了新加坡，但要等第二天海关人员上班时上船检查护照。新加坡的影迷非常疯狂，听到消息后租了几十艘小艇，坐满了人向我们的船冲来，陈厚听到消息后回舱房换了另一套蓝色的航海双排纽扣西装，白色裤子，悠闲地走出来，双手搭着栏杆，一只脚跷在另一只脚上，做好架势等待影迷到来。

岂知影迷们在远处以为是另一个人，大喊："杨帆！杨帆！"

当年杨帆的《狂恋诗》刚好上映完了，身旁男女都为他欢呼，陈厚听到了把他那盘着的脚收起，从容地整理被风吹得凌乱的头发，向他们深深地鞠一躬，退回房间。

这都是我的亲身经历，也在这些前辈身上看到了悲惨的一幕，不管你有多成功多红，始终都有谢幕的一天，时间来到时，都应该向陈厚学习那份优雅。

我跟着把手头的工作做完赶回香港,因为我听到这位老友已进了医院。

坐了的士赶到半山上的明德医院,一急,事前也没有问清楚是几号房间,我在柜台问那些值班的修女:"请问陈厚先生现在在哪里?"

"哪一位陈厚先生?"修女反问。

"大明星陈厚先生呀!你们也应该知道他是谁!"我急得团团乱转。

"没有听过就没有听过!"领班的那个修女板着面孔,一本正经地说。

"我是刚从新加坡赶来的,他是我最好的朋友,听说病得很严重了,你们就让我看一看他吧,就算看一眼也行,我今天非看他不可。"我哀求,"我明天就要赶回日本的呀!"

修女还是摇头。

"圣经上没有说过不可以撒谎的吗!他明明在这里,为什么你们骗我说不知道!"我已觉得没有希望见到这位老友。

低着头走到门口时,有个最年轻的修女偷偷地塞了一张纸头给我,写着门号。

我冲了进去,那些老修女看到了要阻止,但我已推开了门,看到陈厚,他向老修女说让我进来。

人本来瘦的,当时看起来体重更是减轻了一大半,陈厚怕我担心,尽量说些轻松的话题,并向我说没事的、没事的,但他知道我是不相信的。转个话题,他说:"你没有见到我的新女朋友吧?她是个英国人,长得不算漂亮,但是肯听我的话。"

病得那么厉害,还讲这些,最后他说:"当演员时,还可以卸妆,但真人卸不了妆,我这么病,会弄得我越来越难看,怎么面对得了观众?我还是离开香港好。我在纽约有些亲戚,过几天等人好一点就会飞去,那里没有人认识我,可以安详地走完这程路。"

我握着他的手,向他告别,走出病房时,看到那个说谎的老护士在外面偷听,也哭了。

陈厚走时,只有三十九岁。

雪地外景

来日本拍摄外景的戏越来越多,凡是需要雪景的,要是没有大明星的电影就去韩国雪岳山拍摄,要是大导演、名演员的,就来日本。

其中有一部叫《影子神鞭》(1971),由郑佩佩主演,罗维导演。当年罗维可是响当当的导演,再加上他的太太刘亮华是首席的制片,一队人浩浩荡荡地来到,我请导演先去考察外景地,但他说不必了,有雪就是,我听了皱皱眉头,怎么那么不负责任,我心里想。

到了雪地,罗维身穿重厚外套,把身体包裹得像一个大粽子,头上罩了一个套子,只露出眼睛,像摔跤手那种,样子颇为滑稽。

郑佩佩个性刚烈,说一是一,又很正直。这位小姐除了拍戏,从不应酬,也从不与同行打交道,六先生也提起过她,说她真的像个女侠。

和郑佩佩谈起天来,知道她很好学,说会向六先生提出,拍了这部片后就留下,和另外两位女子一起来日本学习舞蹈。这两位一个叫吴景丽,身材短小,佩佩一直叫她小鬼;另一个非常高大,后来才知道她是佩佩的未婚夫原文通的妹妹。之后她们在日本的生活起居，都由我照顾。

戏拍起来，罗维一看到是文戏（只讲对白，没有动作的），就叫副导演去拍，一遇到武戏（全动作的），就叫武师指导二牛去拍，自己躲起来在火炉边取暖。

我年轻气盛，又对电影充满憧憬，认为导演是一项神圣的工作，怎么可以那么轻率？就和罗维吵了起来，这可惹怒了制片刘亮华，说要向当时的制片经理邹文怀告状，一定要把我炒鱿鱼。

我知道已经大祸临头，将工作详细地交代给助手王立山，然后一个人返回东京去。

想不到到了办公室，又接到邹先生的传真，要我赶回现场。也不知是邹先生帮的忙，或是六先生下的命令，不准炒我，结果回到现场，刘亮华看到我，也当成什么事都没发生过，继续地把外景拍完。

后来我哥哥蔡丹接了爸爸的位置，当了邵氏中文部经理，也经常要来香港买片子。罗维当年自组公司在外拍戏，当然得应酬我哥哥，请他到天香楼吃饭时，也叫了我陪客。和罗维几次交谈，发现他是一个相当单纯的男人，没有什么坏脑筋，我过去向他发怒，是冲动了一点。

来拍雪景的还有张彻，是一部叫《金燕子》（1968）的戏。当年张彻已是大红大紫，与我第一次在香港遇到的他完全不同了，气焰甚大，带了一大队工作人员到来，副导演是午马，武术指导是唐佳和刘家良。

《金燕子》是部大制作，我把整个东京办事处的职员都调到外景队来，还有我学校的同学、好友等等，都来帮手。

我一直想不通的是，《金燕子》这个人物是承继了《大醉侠》里面的女主角角色，和张彻一直拍的以男主角为主的阳刚戏格格不入呀，郑佩佩当时也这么怀疑过。

张彻能言善道，把郑佩佩叫去，解释这个角色在戏里是举足轻重的，其实，张彻的心里早已经决定把戏着重在男主角王羽的身上，所讲的一切，不过是骗骗她罢了。

佩佩人单纯，也相信了张彻，后来戏拍到一半才知道不对路，但是已经太迟，挽回不了了。

大家都住在长野县乡下的唯一一间大旅馆中，昔时日本旅店的传统，是每个人一间房，还把住客的名字用块木牌写上，挂在门口。

张彻在当副导演时师承徐增宏，脾气可大了，喜欢骂人，时常在片厂中大发脾气，张彻也学了过去，叫午马检查服装道具时，缺了什么，就把他骂个狗血淋头。旅馆中的工作人员看得颇为他可怜，轮到写名字在木牌上时，他们的姓氏没有一个"午"字的，但用动物为姓，像帝国酒店经理的"犬养"，倒是很多。看午马什么都要做，觉得是做牛做马，所以把名字的木块写成"牛马"，午马要他们更正，他们死都不肯。

吃饭是个问题，香港来的人惯于吃肉，但是当地日本人主吃鱼，肉卖得很贵，在乡下也难找。吃了多餐鱼之后生厌时，忽然大家看到有大块牛扒，即刻吃得津津有味，其实乡下哪来的那么多牛扒？都是我叫当地猎人打了一些熊来充当；打不到熊时，就吃起马肉来，我不说，大家也都不觉察，一直赞好。

外景的大小问题都要我解决，有天王羽发脾气说不拍了，要回香港了，也由我摆平。长满荻花的原野上有很多蜻蜓，我就去抓，王羽看我每抓必中，十分有趣，自己抓就抓不到，要我教他。

原来蜻蜓长了很多很多的眼睛，只要趁它停着时，用手指从远处靠近，一面靠近一面打圆圈，蜻蜓有复眼，看久了就头昏，像被催眠似的一动也不动，就能一把抓住，王羽照办，也成功了，大喜。

玩久了，烦恼也忘了，继续拍戏。

《裸尸痕》

在日本那些年，香港来的外景队渐多，像井上梅次的电影也全部于东京拍摄，和日本电影工作人员熟了，组织了一个很强的班底。

六先生再次来日本时，我问他："通常一部戏在香港要拍多少个工作日？"

"六十个。"他回答，"有时还不止。"

"那平均要多少钱拍一部戏呢？"

六先生回答不出。当年，制作费由会计部主管，花多少提多少钱来；总之，都有钱赚，也不去算那么多了，那是美好的电影黄金年代。

"我们需要的，是更多的量。"六先生说，"一年生产四十部电影是目标。"

我心算一下，大胆地向六先生提出："要是我们在日本拍，香港只要派几个主角过来，全部工作人员，包括导演、摄影师、灯光师等等，一部戏只要拍二十个工作日，可不可行呢？"

"那得看全部制作费要多少。"他问。

"二十万港币。"我回答。

六十年代,一个秘书的人工月薪是四百元,依当年的币值,二十万港币等于是当今的两百多万,比香港一般低成本戏还要便宜得多。

"你想拍些什么故事?"

"最好是些原创的剧本。"

"还是借用的好。"六先生说。

那年六先生刚好在东京,看了很多日本片,其中有一部他喜欢的,是一个年轻人为了名利出卖他原来女友,结交富家小姐的故事,六先生很喜欢,向我说:"就借用这一部吧。"

《裸尸痕》(1969)是由《郎心如铁》(*A Place In The Sun*)(1951)改编的,加入恐怖片元素,女主角被男主角杀死后化成厉鬼来讨命,拍得非常好,导演是岛耕二,曾经红极一时,导过《金色夜叉》(1954)、《相逢有乐町》(1958)和《细雪》(1959)等经典名作,人长得高大,又有英国绅士作风,找到他时他已有六十八岁,处于半退休状态。

至于男主角我建议用在《女校春色》(1969)合作过的陈厚,他给影迷们的印象是个花花公子,舞又跳得很好,在个性和年龄上都适合演这个角色。

女主角用了丁红,个性豪爽,是位好演员。

至于演富家小姐的配角是丁珮,她来自台湾,是位新人,男配角是王侠，还有欧阳莎菲，从香港来的只有这么几个人，加上副导演桂治洪。

我在东京用了所有朋友的人情和日籍工作人员的关系，尽量压低成本来完成这部电影。

女主角的公寓就借了我当年的好友刘幼林住的地方。在亚洲影展时结识了他哥哥刘大林，他吩咐我照顾他弟弟。刘幼林当了美联社（Associated Press）的驻远东经理，住的地方是表参道，是外国人集居之地，也是高级时装店区，扮起香港来很像。

其他外景地采用富士山周围的山区和湖泊，别人来东京取景，巴不得把富士山也拍进去，我们反而是在镜头中拍到富士山，就把山腰斩了不见顶。

为了节省成本，也免费请了很多在日本大学的同学，叫了刘幼林演妇科医生，检查了女主角后宣布她怀了孕。刘幼林年轻英俊，很像在 The Ipcress File（1965）中的迈克尔·凯恩，当年还怕他的外型不够老，叫化妆师把他双鬓染白，好久都洗不掉。

桂治洪是位很努力及专心工作的年轻人，他详细地记录所有镜头及对白，片子拍完拿回去，因要省钱，全凭他一个和剪辑师姜兴隆完成后期工作。

演员们住东京"第一酒店"，当年是又便宜又过得去的旅馆，房间很小，但大牌如陈厚和丁红都没有投诉，其他演员就没出声了。

我们不休不睡，说什么也要二十天内赶完此片，答应过六先生的事才能算数，其实当年要是拍多一两个工作日六先生也能理解，但承诺归承诺，限时内完成。

片子在香港和东南亚放映了，票房平平，但这种戏不可能爆冷，只是为邵氏增加了一部戏上映而已。

岛耕二在这段期间内教导了我很多关于电影的知识，因为到底拍过几十部电影，遇到任何难题他都有办法解决，没在制作方向增加我的麻烦。

在聊剧本时，我都去他家里，他是位烹调高手，又煮饭又拿出我们喝不起的Suntory黑瓶请客，当年我们喝的只是双瓶装的Suntory Red，要是有四方瓶的俗名"角瓶"的已是上上品。

酒喝完一瓶又一瓶，岛耕二和我的感情逐渐增强，接着再请他到新加坡拍了《椰林春恋》和《海外情歌》两部片子，大家成为好友，我发现拍商业电影非我所好，倒是很享受制作时期交的朋友和所去的外景地。

史马山

《裸尸痕》算是成功了,我接着向六先生提出,再请岛耕二连拍两部戏,《椰林春恋》和《海外情歌》,同样在一九六九年上映。

前者用了当年在香港歌坛红遍半天的台湾歌手林冲,女主角也是最受欢迎的何莉莉,又由香港派来李丽丽和林嘉当配角,加上副导演桂治洪,另有一批日本的灯光师和摄影师,飞到槟城取景。

住的是一间四层楼改建成旅馆的公寓,全体工作人员浩浩荡荡搬了进去。当年邵氏电影在新加坡、马来西亚大受欢迎,也从来没有那么多明星飞到那小岛去,到达时已受影迷重重包围,要当地的警察维持秩序,看他们挥动警棍,打开影迷,我们才走得进旅馆。

借了一间富豪的住宅当主要的场景,我们在那里夜以继日地拍摄。为了节省成本,我身兼多职,做翻译、场务和会计等工作,在外面风吹日晒,皮肤晒脱了一层皮,长了新的,再晒再脱,香港来的矮小精悍的配角李丽丽最调皮捣蛋,她不拍戏时也跟着在现场,最喜欢剥我的皮。

工作人员中有一位老先生，是导演徐增宏的父亲，他主要的工作是"放声带"。当年的歌舞片要"对嘴"，那是由一部像放映机那样的工具，有两个轮，装上已经冲印成透明画面的菲林，留下一条声带，经过这个机器放出来的歌，演员听了张口闭口对着嘴，才能准确，这是普通录音机做不到的。

拍摄唱歌时也要用一部老式的"米歇尔"机器才能对嘴，非常笨重又很大，和我们当年用的小型"亚厘"机相差甚远，由于我没有经验，在器材方面忽略了这一项，用到时才知道出毛病，这个祸可闯得大了，急得团团乱转。

问题怎么解决？再从香港寄来的话需时，哪来得及？三更半夜时刚好家父来电话，向他提及此事，他回答说新加坡拍马来西亚戏的录像厂也拍歌舞片，还剩下多部"米歇尔"，马上由新加坡调来，才解决了问题。

《椰林春恋》从槟城一路拍下去，经马六甲，到了新加坡完成，一路上种种难题，都靠经验老到的岛耕二一一解决，我们白天工作，晚上喝酒，结下深厚的友情。当年日本导演来港拍戏，除了井上梅次之外，都取了一个中国名字，岛这个姓，日文念成 Shima，我们都 Shima-San 前 Shima-San 后地称呼他，San 的日文是先生，结果中国名字把他改成史马山。

片子拍完，六先生觉得很满意，卖座也成功，就叫我继续用他导演了下部戏《海外情歌》。

片子由陈厚主演,当年他才三十九岁,角色是一个父亲带着女儿们搭邮轮到海外旅行,我拿了剧本,问他拍不拍,陈厚为人豁达,说无所谓,演员嘛,有戏就接啰。

是不是安慰自己,我不知道。

打听之下,知道有一艘半货船半邮轮的英国船要修理,从香港航行到新加坡,五天时间,可以廉价包下来,当我们电影的背景。

一上了船,就不分昼夜地赶工,想在这几天内把需要的戏拍完,但这艘是英国船,一切按照英国方式去管理,我们每一分钟都需要赶工,岂知船长说不许,我大发脾气,询问原因。

原来这是英国传统,在下午四点钟一定要喝下午茶。我说你们喝你们的,我们照样开工。船长说传统不能打破,一定要停下一切喝下午茶。

气得我快爆炸,但最后还是拗不过整艘船的工作人员,也只好停下来喝一杯。

工作顺利,也终于在限定的时间内把应该拍完的戏赶完,松了一口气。哪知道到了新加坡也不准下船,海关人员要上来登记入境手续,慢吞吞地一个个把手续办完才能登陆新加坡,又浪费了一天。

这些日子一闲下来就和大家聊天,导演岛耕二已是老朋友了,陈厚也拍过我监制的《女校春色》和《裸尸痕》,都很谈得来。

新朋友是年轻的杨帆,他从台湾来,拍了《狂恋诗》后大红大紫,最受年轻观众欢迎。来自台湾的他,高大得很,人又长得非常英俊,迷死不少人，包括他自己。杨帆一走过镜子必停下来欣赏自己的样子，越来越自恋，回到台湾后没事做，逐渐沦落，最后只能在片场中当临时演员，拍古装片时导演一叫，他即刻把假发戴上，戴反也不管，笑嘻嘻地上镜，弄到最后也把工丢了，不知下落，我听到这消息后非常替他惋惜。

另外演大女儿的是虞慧，就是当年派来日本的"精工小姐"，二女是李丽丽，三女沈月明，小女妞妞，是我痛爱的童星。

片子完成后六先生一看，认为不够热闹，下令补戏，但陈厚当时已因病去世，换了金峰代替他的角色；导演也换人，由桂治洪顶上，这是他第一部当正导演的片子。补拍戏，对我来说是人生中一个很大的打击，但后来想起来，也不过是人生过程之一。

影城宿舍

一九七〇年邹文怀先生离开邵氏自立门户，创立嘉禾电影，我就被六先生从日本调到香港，接任了他的制片经理一职。

自认什么都不懂，也没有邹先生的才华，从何做起？家父从新加坡来信："既来之，则安之。"

虽然初到影城，一切好像已经注定，好像已经很熟悉，第一件事，被安排入住宿舍。

影城中一共有四座宿舍，第一宿舍是对着篮球场的三层楼建筑，第二宿舍是八层楼、有电梯的公寓式房子。第三和第四最新，建在影城旁边的一块空地上，前者房间最大，适合大明星大导演居住，后者则是一座八层楼的小公寓式的大厦，入住单身汉职员。

我被派在第三宿舍，岳华说："好彩。"

后来认识了来自台湾、当胡金铨副导演的丁善玺，他爱看书，和我谈得来，成为好友，住在第一宿舍里面。

丁善玺后来回到台湾也当了大导演，拍过很多部戏，我最欣赏的是《阴阳界》(1974)，虽是恐怖片，但有些旧小说和国画的境界，胡金铨收了他这位学生，没有白教。丁善玺也写过很多剧本，其中有一部最后也没人拍的，把八仙描写成八鬼，是我看过最好的剧本之一，至今还念念不忘。

第二宿舍住满了台湾来的小演员。当年邵氏为培养新人，以月薪四百港币，八年合同签了一大批，现在听起来有点像奴隶制度，但当时大家都心甘情愿的，也难批评谁是谁非。

说坏话的人把第二宿舍叫成农场，外面停满前来追求公子哥儿的汽车，等着小明星放工出外游玩，但是可以说的是像李婷那样有志气的还是居多的，一部分贪慕虚荣的也难免。

因为我在台湾住过两年，本身又会说从小就会的闽南话，她们都爱和我谈天，又知道男女关系我绝对是不碰的，那么多年来从来没有闹过绯闻，最多是和她们打些游花园的小麻将。所谓游花园，那是赌注小得不能再小的麻将，输完不必付钱，照打，看看可不可以翻本。

我的十六张台湾牌就是那时候收工后学的，小明星们爱开玩笑地说"三娘教子"，我反说这不叫三娘教子，这叫一箭三雕。

第二宿舍也住了一位舍监叫王清，年纪轻轻，带了两个小儿子来替邵氏打工，为人正直，把那群女孩子管束得很听话。她也爱打台湾牌，经常赢了钱也不收，我也一样，所以和王清也谈得来。

第四宿舍住的多是各部门的职工和单身汉。

第三宿舍就有导演像张彻等大牌入住，也有高级职员，像主编

《南国电影》和《香港影画》的朱旭华先生,他最喜欢我,因为我和他可以谈电影历史和文学绘画等话题。朱先生是位知识分子,也曾经做过电影公司的老板,拍过《苦儿流浪记》(1960)等经典。

抗战时期,朱先生改了一个爱国的艺名,叫朱血花,用上海话念起来和原名同音。朱先生有两位公子,大的叫朱家欣,是留学意大利的摄影师,后来自创特技公司,名噪一时,娶了影星陈依龄;小的叫朱家鼎,为广告人,后来迎娶了钟楚红,两人都是我从小看到大。

朱先生的家佣叫阿心姐,广东人,由朱先生教导下烧得一手好上海菜,朱先生一直叫我到他宿舍去吃饭,当我是他的儿子,对我的恩情,一世难忘。

图书在版编目（CIP）数据

歇会儿 / 蔡澜著 . —— 南京：江苏凤凰文艺出版社，2025.8
ISBN 978-7-5594-8534-2

Ⅰ.①歇… Ⅱ.①蔡… Ⅲ.①散文集 – 中国 – 当代 Ⅳ.① I267

中国国家版本馆 CIP 数据核字 (2024) 第 055600 号

歇会儿

蔡澜 著

责任编辑	项雷达
特约编辑	吴瓶瓶　陈思宇
装帧设计	卷帙设计
责任印制	杨 丹
出版发行	江苏凤凰文艺出版社
	南京市中央路 165 号，邮编：210009
网　　址	http://www.jswenyi.com
印　　刷	天津鑫旭阳印刷有限公司
开　　本	880 毫米 ×1230 毫米　1/32
印　　张	7
字　　数	141 千字
版　　次	2025 年 8 月第 1 版
印　　次	2025 年 8 月第 1 次印刷
书　　号	ISBN 978-7-5594-8534-2
定　　价	45.00 元

江苏凤凰文艺版图书凡印刷、装订错误，可向出版社调换，联系电话 025-83280257